Katia Sabet

LE TRÉSOR D'HOR HOTEP

Illustrations de Philippe Biard

Gallimard Jeunesse

1

A l'époque où se sont déroulés ces faits, c'est-à-dire au début du siècle dernier, Rami était un jeune orphelin de onze ans qui n'avait pour seule famille que son frère Raafat, de sept ans son aîné. Raafat était tisserand et fabriquait ces tapis en laine grège, blanche, beige ou marron, qu'on appelle *klim*. Ils étaient très pauvres, mais leur modeste maison était toujours propre et ordonnée parce que, sans le savoir, Raafat était un artiste, et son instinct lui suggérait que la propreté et l'ordre sont l'essence même de la beauté.

Ils vivaient à Mit Rehina qui n'était alors qu'un petit village semblable à des milliers d'autres villages de la campagne égyptienne. Pourtant ses habitants jouissaient du privilège de voir chaque soir le soleil se coucher derrière la pyramide à degrés de Sakkara qui les dominait du haut de sa colline. La zone n'était pas encore devenue ce qu'elle est aujourd'hui, un haut lieu de l'archéologie égyptienne, et ses habitants vaquaient paisiblement à leurs occupations sans savoir que, quelques décennies plus tard, des touristes graviraient chaque jour la colline

7

rendue célèbre par l'architecte et archéologue français Jean Philippe Lauer.

Le village n'avait pas encore d'école, mais seulement un *kottab*, c'est-à-dire une classe primaire coranique, où enseignait le cheikh Abdel Ghelil. Raafat y avait inscrit son frère, mais Rami était un élève indiscipliné qui préférait les balades dans la nature aux leçons du cheikh. Ainsi, chaque matin, alors que Raafat recommençait à faire courir la navette dans l'ourdi de ses tapis, Rami s'acheminait à travers les ruelles du village vers le *kottab*. Mais, avant d'arriver à destination, il « oubliait » son chemin

8

et se retrouvait au bord de la grande route, à l'endroit où son vieil ami oncle Darwiche étalait ses marchandises sur quelques planches soutenues par deux tréteaux : du fil et des aiguilles, des cigarettes et du tabac, des sucres d'orge et des bonbons, des remèdes miraculeux contre la sciatique et la migraine, ainsi que les journaux qui arrivaient du Caire en charrette avec le chef du bureau des postes.

Rami s'asseyait à côté d'oncle Darwiche et regardait la route mystérieuse qui conduisait à la grande ville à travers les palmeraies. Une route sur laquelle passaient des voitures tirées par des chevaux, des charrettes traînées par des ânes, ainsi que d'interminables caravanes de chameaux. Une fois, Rami avait vu arriver un véhicule extraordinaire qui marchait tout seul en faisant beaucoup de bruit et de fumée, tellement de bruit et tellement de fumée que le village entier, alerté, s'était précipité le long du chemin pour voir passer le phénomène, mais la

voiture, surchargée de messieurs à l'air important, avait disparu au loin dans un nuage de poussière avant même que les gens aient eu le temps de l'admirer. Ce jour-là, Rami fut surpris par son frère à faire l'école buissonnière et reçut deux gifles retentissantes.

Cependant, il aurait fallu bien plus qu'une paire de claques pour obliger Rami à s'enfermer au *kottab*, la route, et surtout oncle Darwiche représentaient pour lui une attraction irrésistible. Le vieux avait beaucoup voyagé, il avait été jusqu'au Caire et la capitale n'avait plus de secrets pour lui. Il racontait les lumières qui s'allumaient toutes seules quand on tournait une petite clé en porcelaine, les jardins, les statues et les fontaines qui coulaient inlassablement, les richesses dont la ville était remplie. Il parlait aussi des personnages qu'il avait rencontrés, des messieurs et des dames qui s'habillaient, parlaient, mangeaient et s'amusaient de manière très différente des habitants du village. Il se souvenait à haute voix des aventures qui lui étaient arrivées dans sa jeunesse, des palais où il était entré pour apporter un message ou livrer un paquet, des pourboires mirifiques qu'il avait reçus, des offres de travail alléchantes qu'on lui avait faites. Mais oncle Darwiche n'avait jamais accepté de travailler entre quatre murs, parce que, disait-il, tout l'or du monde ne lui aurait pas fait renoncer à la liberté des rues. Un jour, avec ses économies, il avait acheté un âne et était devenu un des mille âniers de la capitale. A cette époque, au Caire, il n'y avait pas de taxis, mais des voitures à chevaux et surtout des ânes, petits et rapides, qui transportaient les clients où ils voulaient.

Rami écoutait attentivement en rêvant au jour où il

partirait à son tour pour Le Caire faire l'ânier ou le vendeur d'eau. Il s'agissait de métiers florissants, et il ne comprenait pas pourquoi son frère voulait à tout prix le faire étudier, comme s'il était nécessaire de savoir lire et écrire pour connaître une aussi belle carrière que celle du vieux Darwiche ! Ce dernier, qui n'avait jamais mis les pieds dans un *kottab* de sa vie, l'approuvait gravement :

– L'instruction, disait-il, c'est pour les fils de riches, qui ont du temps à perdre. Nous avons d'autres chats à fouetter, nous. Quand je faisais l'ânier au Caire, je gagnais presque deux piastres par jour : c'est plus que ce que gagne un clerc d'avocat avec toute son instruction !

– Et pourquoi as-tu arrêté, oncle Darwiche ?

– A cause des rhumatismes, mon enfant. Il faut être jeune, avoir du souffle et les genoux bien huilés pour courir derrière l'âne et le client.

Ainsi Rami oubliait le chemin de l'école et apprenait beaucoup d'autres choses. Mais un jour le cheikh Abdel Ghelil s'aperçut qu'un de ses élèves ne se montrait plus et envoya Talaat, le premier de la classe, demander des nouvelles de Rami à son frère. Ce jour-là, en rentrant à la maison, Rami reçut une raclée formidable, au point que des voisines durent intervenir pour calmer Raafat qui était furibond et tapait sur son frère comme sur un tambour. C'est dans ces circonstances vraiment peu honorables que Rami s'aperçut pour la première fois de l'existence de Nefissa.

Nefissa avait neuf ans et habitait la maison d'à côté. Mais, comme la plupart des garçons de son âge, Rami ne s'intéressait pas encore aux filles, et on peut affirmer sans crainte de se tromper que, jusque-là, il n'avait jamais remarqué sa voisine. Mais, ce jour-là, il la vit, et il connut la honte de recevoir une raclée devant deux filles : Nefissa et sa sœur.

La sœur de Nefissa s'appelait Chalabeia et, depuis longtemps, le cœur de Raafat le tisserand battait très fort pour elle, mais il n'osait pas la demander en mariage parce qu'il était trop pauvre et que sa demande aurait été refusée poliment.

– *Maalech** *, dit Chalabeia en essayant d'immobiliser le bras droit de Raafat. *Maalech, ya si'* Raafat. Tu verras qu'à partir d'aujourd'hui Rami ira tous les jours au *kottab* et qu'il apprendra finalement à lire et à écrire.

– Ce n'est pas juste, cria Raafat, furieux. Ce morveux traîne à ne rien faire dans les rues du village, tandis que je me tue au travail et que je renonce à toutes les joies de la vie pour qu'il puisse étudier !

Chalabeia rougit et Nefissa la regarda en souriant d'un air malin.

– Cesse de le battre et je te promets qu'à partir de maintenant il sera un petit garçon obéissant. D'accord, Rami ? dit Chalabeia.

Rami hocha vivement la tête et Raafat le lâcha.

– Pour cette fois, je te pardonne, mais gare à toi, tu comprends ? Gare à toi si je t'attrape encore à faire le vagabond !

A partir de ce jour, Rami alla régulièrement et tristement au *kottab* du vieux cheikh. Il s'asseyait sur les nattes au milieu des autres enfants mais, de temps en temps, ses

---

* Les mots suivis d'un astérisque sont expliqués dans le glossaire p. 184/185.

yeux se tournaient vers l'unique lucarne qui éclairait la pièce et, tout à coup, il se retrouvait dans les champs en train de courir à perdre haleine. Dans le *kottab* ne restait qu'une partie de Rami, sourde et aveugle, tandis que le vrai Rami se trouvait ailleurs, sur la route, et plus loin encore, jusqu'au Caire, et encore plus loin, sur les rives de la grande mer salée, dans la ville d'Alexandrie où arrivaient des navires de tous les coins du monde. Et il vivait des aventures palpitantes. Sa préférée était celle où il découvrait un trésor qui lui permettait de vivre comme un pacha et de faire vivre son frère comme un prince. Rami aimait beaucoup son frère, même si c'était un tyran qui l'obligeait à passer des heures et des heures dans la classe obscure et surpeuplée où le cheikh Abdel Ghelil faisait ânonner en chœur une vingtaine de gamins.

Un jour pourtant, le cheikh Abdel Ghelil tomba malade et dut donner congé à ses élèves, pour le plus grand bonheur de Rami qui recouvra légalement sa liberté. Il en profita pour courir tout droit chez son ami, oncle Darwiche, qui l'accueillit avec un grand sourire édenté.

– Tiens, où avais-tu disparu ?

– J'étais au *kottab*, répondit-il en faisant une grimace.

Sur l'étalage de Darwiche, des marchandises nouvelles avaient fait leur apparition, parmi lesquelles Rami remarqua de riches boîtes en tôle recouvertes de couleurs et de dorures, et d'autres grandes boîtes rondes encore plus intéressantes. Darwiche lui expliqua que c'étaient des biscuits importés et des marques de thé étrangères pour le nouveau directeur des fouilles archéologiques, qui était arrivé depuis deux semaines et qui vivait tout seul dans le désert, sur la colline de Sakkara.

Ce directeur, continua Darwiche, était devenu son meilleur client, étant donné que, chaque jour, il envoyait chercher des journaux, des biscuits et du thé pour dix piastres !

– Oh, ma mère, il doit être riche ! s'exclama Rami. Laisse-moi lui apporter ses courses, je pourrais gagner quelques sous pendant les vacances.

Darwiche sourit sous ses moustaches.

– Le directeur a déjà quelqu'un qui lui fait son marché… aussi vite que le vent.

Rami fit la moue.

– Je parie que c'est ce bon à rien de Hammouda, fils d'omm* Hammouda !

– Ce n'est pas lui.

– Alors ça doit être Farfour, le fils du pêcheur.

– Zt, zt.

– Qui alors ?

– Un peu de patience, et tu verras toi-même qui fait les courses du directeur, dit oncle Darwiche en souriant d'un air entendu.

Après quelque temps, il toucha l'épaule de Rami et lui montra le désert.

– Le voilà, il arrive !

Rami se tourna vers la colline et vit un point noir qui dévalait la côte à toute allure, coupant à travers les ravins et les escarpements, sautant d'un rocher à l'autre comme une gazelle. Arrivé sur la route, il se mit à courir vers eux à la vitesse du vent.

2

Rami se tourna vers oncle Darwiche, les yeux écarquillés.

– Mais… C'est un *afrit*! s'écria-t-il. Un diable de la montagne!

– C'est exactement ce que j'ai pensé au début, marmonna oncle Darwiche.

Maintenant que l'*afrit* courait sur la route de terre battue, Rami vit que c'était un chien, mais un chien si grand et si gros qu'il ressemblait à un veau. Instinctivement, Rami se recula derrière l'étalage en attendant de voir la suite des événements.

– Viens, Ringo, viens, dit oncle Darwiche.

Le chien s'approcha. Il portait, pendue au collier, une sorte de besace, d'où le vieux marchand tira quelques pièces d'argent et une feuille de papier pliée en quatre. Oncle Darwiche la déplia et commença à l'examiner.

Rami se mit à rire.

– Depuis quand tu sais lire, oncle Darwiche?

Le brave homme lui montra la feuille couverte de dessins: des boîtes rondes, d'autres carrées, ainsi que des croquis où Rami reconnut des courgettes et des tomates. À côté de chaque dessin, il y avait un ou deux bâtons.

— Tu vois que ce n'est pas indispensable de savoir lire, se vanta oncle Darwiche. Voilà ce que M. le directeur demande : une boîte de cigarettes, une boîte de biscuits, une *oke* de courgettes et deux de tomates.

Il envoya sa femme acheter les légumes et glissa dans la besace de Ringo les cigarettes et les biscuits, ainsi que des journaux. Après quoi le chien s'affala par terre en attendant le reste des commissions. Rami admirait son poil noir et brillant, qui devenait roux sur le ventre et le poitrail, mais Ringo ne lui prêtait pas la moindre attention. Il gardait la tête tournée du côté où avait disparu la femme d'oncle Darwiche, visiblement impatient de retourner chez son maître.

Rami s'approcha prudemment de lui et tendit la main pour le caresser mais le chien montra les crocs et se mit à gronder tout doucement.

— Ce n'est pas le bon moment pour faire sa connaissance. Tant que sa besace est pleine, personne ne peut l'approcher. Demain, quand il reviendra, je te laisserai le caresser avant de la remplir, promit oncle Darwiche.

— Je n'ai jamais vu un chien aussi gros, murmura Rami.

— Eh oui, ce n'est pas un chien de chez nous, il vient d'un pays étranger qu'on appelle « Almania ».

Ringo était tout à fait indifférent à l'intérêt qu'il suscitait et s'éventait avec sa queue. Comme la journée était plutôt chaude, il haletait un peu, en montrant une longue langue rose et une bouche pleine de dents.

— T'as vu ses dents ? souffla Rami.

— Eh oui, des dents comme ça pourraient égorger un

homme en un clin d'œil, affirma oncle Darwiche. Heureusement que c'est un chien bien éduqué, qui ne ferait de mal à personne, à moins qu'on n'attaque son maître.

Ce jour-là, Rami retourna à la maison tout excité et raconta à son frère la rencontre extraordinaire qu'il venait de faire.

– Imagine-toi, *ya abi**, un chien gros comme un veau qui va faire le marché pour son maître !

– Miracle divin ! s'exclama Raafat. Comment est-ce possible ?

– Je l'ai vu de mes yeux ! Demain, oncle Darwiche me laissera le caresser !

– Attention qu'il ne te morde.

– Il ne va pas me mordre, répliqua Rami, nous allons devenir amis !

Le lendemain matin, Rami se réveilla plus tôt que d'habitude, impatient de revoir Ringo. Il se lava la figure en vitesse et se précipita en courant dans les ruelles du village presque désertes. Le soleil venait de naître et Rami fut déçu de constater que même oncle Darwiche n'avait pas encore installé son étalage. Pour tromper le temps, il commença à se promener au hasard et rencontra la petite Nefissa qui revenait du canal avec sa cruche pleine d'eau en équilibre sur la tête.

– Salut, Rami, comment vas-tu ? demanda-t-elle.

– Ça va, répondit-il d'un air faussement maussade.

A ce moment, un âne arriva au galop, avec sur son dos ce vaurien de Hammouda, fils d'omm Hammouda.

– Hii, hii ! criait-il, comme un fou furieux.

Nefissa ne fut pas assez rapide à s'écarter de son chemin. L'âne la bouscula et elle s'étala par terre de tout son long : la cruche se cassa en mille morceaux, l'eau se répandit dans la poussière.

– Viens ici, espèce de sauvage ! cria Rami à Hammouda. Arrête-toi, si tu ne veux pas que je te casse la figure !

Celui-ci se retourna, ahuri, pour voir qui était l'imprudent qui osait s'adresser à lui sur ce ton : Hammouda était grand et gros et tous les enfants du village avaient peur de lui.

– Ha ! ha ! ricana-t-il en découvrant ses dents jaunes. Tu voudrais me casser la figure ? A moi ?

– Tu as brisé la cruche de ma voisine ! Ou tu la payes, ou...

– Ou quoi ? Va te faire voir, répliqua-t-il.

Il planta alors ses talons dans les flancs de l'âne et se précipita au galop sur Rami qui s'étala à son tour dans la poussière. Nefissa se mit à crier :

– Que Dieu te punisse, Hammouda, fils d'omm Hammouda !

Et elle tendit la main à Rami pour l'aider à se relever, mais il fit semblant de ne pas la voir parce qu'il avait honte de se faire aider par une fille et qu'il était furieux de ne pas avoir su faire face à l'insolence de Hammouda.

– Et maintenant, qu'est-ce que tu vas faire ? demanda-t-il en se remettant debout. Ta belle-mère va te frapper !

A la mort de la mère de Nefissa et Chalabeia, leur père avait épousé une jeune Saïdienne* à la main leste et à la langue bien pendue, qui avait des idées assez primaires sur l'éducation des enfants.

– Ce ne serait pas la première fois que la femme de mon père me frapperait, fit Nefissa en haussant les épaules. Heureusement que parfois Chalabeia me défend.

Elle regardait tristement la cruche cassée qui avait coûté deux piastres et trois millièmes ; sa belle-mère l'avait achetée le jour d'avant chez Galal el Fakharani.

– Écoute, reprit Rami, si nous empruntions de l'argent à oncle Darwiche pour acheter une nouvelle cruche ? Qu'est-ce que tu en dis ?

Nefissa soupira.

– Et comment je lui rendrai son argent ?

– Laisse-moi faire, dit Rami. On se débrouillera, oncle Darwiche est mon ami, il me fera crédit. Viens avec moi, Nefissa… et, par la même occasion, je vais te présenter Ringo.

Oncle Darwiche accepta sans problème de prêter à Rami les deux piastres et trois millièmes nécessaires à l'achat d'une nouvelle cruche. Il savait que la belle-mère de Nefissa, tout en étant une très brave femme, n'y allait pas de main morte quand il s'agissait de « corriger » les enfants. Il était en train de déposer les deux derniers millièmes dans la petite main de Nefissa quand Ringo arriva à toute allure et s'arrêta pile devant son étalage, en agitant la queue.

– *Yamma*[*] ! cria Nefissa.

– N'aie pas peur, c'est Ringo, expliqua Rami.

– Mais qu'est-ce que c'est ? Un loup ?

– Non, petite sotte, fit oncle Darwiche en riant. C'est un chien. Un chien un peu plus gros que les autres. Tu peux le caresser, dit-il en se tournant vers le garçon. Tant que la besace à son cou est vide, tu peux l'approcher sans crainte.

Rami, tout content d'avoir une occasion de montrer son courage à Nefissa, s'approcha du chien et mit tout doucement la main sur sa tête, sur son pelage lisse et chaud. Ringo, de son côté, le flairait pour faire sa connaissance et quand il sut, après l'avoir bien reniflé, qu'il n'avait pas peur de lui, il secoua énergiquement la queue en signe d'amitié.

– Toi et moi, nous allons devenir amis, pas vrai ? chuchota Rami.

Puis il se tourna vers Nefissa qui n'était pas très rassurée et lui fit signe de s'approcher.

– Viens faire sa connaissance, toi aussi.

La fillette s'avança prudemment et posa sa petite main sur la grosse tête de Ringo, qui tout de suite agita la queue avec beaucoup de sympathie.

– Voilà, c'est fait, dit Rami, nous voilà amis tous les trois.

Oncle Darwiche plaça les journaux et une *oke* d'oranges dans la besace de Ringo qui partit au galop comme il était venu. Nefissa alla acheter une nouvelle cruche tandis que Rami s'asseyait à l'ombre d'un eucalyptus pour réfléchir au meilleur moyen de payer les dettes qu'il venait de faire pour les beaux yeux de sa voisine.

3

Rami arriva le lendemain matin chez son vieil ami Darwiche avec des idées plein la tête.

– Oncle Darwiche, dit-il, tout essoufflé, la seule manière pour que je puisse gagner quelques sous et te rendre ton argent, c'est de suivre Ringo et d'aller chez son maître, le directeur, lui demander du travail. Tu le connais ? Tu l'as vu ? Tu sais ce qu'il fait ?

– Eh, doucement, protesta le vieux. Non, je ne le connais pas, et je ne sais pas ce qu'il fabrique, là-haut. Je sais seulement qu'il a engagé une trentaine d'hommes du village. Même le rayes* Noubar travaille pour lui.

– Le rayes Noubar ! s'écria Rami admiratif.

C'était l'homme le plus imposant et le plus respecté de la région.

– Eh oui ! continua le vieux. Ils ont ouvert un chantier, qu'ils disent, et ils cherchent. Mais ne me demande pas ce qu'ils cherchent, parce que personne n'en sait rien.

– C'est décidé, oncle Darwiche. J'irai chez le directeur et je lui demanderai de m'engager.

– J'ai l'impression que tu perds ton temps, fiston. Même si le directeur accepte de te voir, que vas-tu lui proposer ? Tu n'as jamais travaillé de ta vie et, au *kottab* tu n'as rien appris qui vaille la peine d'en parler.

– Tu as raison, je ne sais rien faire, mais j'apprendrai, répliqua Rami sans se laisser démonter.

Ainsi, ce matin-là, il suivit Ringo qui retournait vers le désert après avoir fait ses courses. Comme s'il avait compris ce que le garçon voulait, le chien adopta une allure modérée et lui permit de le suivre sans peine à travers les ravins et les collines de sable. Au bout d'une demi-heure, la maison du directeur apparut : c'était une bâtisse en pierre blonde avec de grandes fenêtres en bois, entourée d'un petit jardin. Au milieu du grand désert jaune, le vert des plantes faisait un charmant effet.

– Voilà un travail pour moi, confia Rami à Ringo, j'arroserai le jardin !

Le chien aboya deux fois et un homme parut sur le seuil de la petite maison. Il était grand, maigre et portait un casque colonial.

– Te voilà, Ringo, voyons ce que tu m'as apporté, dit-il.

Puis il s'aperçut que, derrière le chien, se cachait un enfant qui le regardait d'un air mi-effrayé, mi-ébahi. En effet, Rami n'avait jamais vu un directeur de sa vie et il se l'était imaginé très différent.

– Qui es-tu ? lui demanda l'homme.

Le jeune garçon répondit alors d'un seul trait :

– Je m'appelle Rami et je suis venu voir si, par hasard, vous auriez du travail à me donner.

Le directeur se mit à rire.

– Et que sais-tu faire ?

– Pour être franc, je ne sais rien faire, mais je veux bien apprendre.

Le directeur le regardait avec un petit sourire. Il semblait intéressé.

– Tu ne vas pas à l'école ?

– Je vais au *kottab* mais, comme le cheikh Abdel Ghelil est malade, il nous a donné congé. Et puis j'ai absolument besoin de gagner deux piastres et trois millièmes.

Le directeur rit de bon cœur.

– Et pourquoi donc ?

– Parce que j'ai emprunté de l'argent à oncle Darwiche, le marchand, et que je n'aime pas faire des dettes.

– Très bien, fit le directeur qui s'amusait beaucoup. Tant que le cheikh sera malade, tu viendras chaque matin pomper l'eau pour le jardin pendant un quart d'heure. Je te donnerai trois millièmes par jour. Ça te va ?

– Ça va, répondit Rami. Vous voulez que je commence tout de suite ?

– D'accord.

Il le fit entrer dans le jardin et lui montra la pompe : c'était une roue en fer qu'il fallait tourner pour faire remonter l'eau souterraine et en remplir un réservoir en zinc au-dessus du toit. L'eau qui sortait des profondeurs de la terre était claire et fraîche, et elle servait pour boire, pour laver et aussi pour arroser le jardin, bien que dans ce désert chaque goutte fût précieuse. Mais le directeur déclara que, à son avis, le petit jardin fleuri au milieu du sable était encore plus précieux, et Rami lui donna raison.

– Les arbres sont encore jeunes, lui expliqua le directeur. Je viens de les planter. Mais, quand ils grandiront, ils couvriront la maison de leur ombre et la protégeront contre les vents du désert.

Rami tournait vigoureusement la roue et l'eau montait dans le réservoir en zinc. Ringo, qui s'était assis à l'ombre de la haie, ne le quittait pas des yeux.

– C'est étrange que tu n'aies pas peur de Ringo, remarqua le directeur. Pourtant c'est un chien impressionnant.

– Si vous permettez, répondit Rami sans cesser son travail, Ringo et moi, nous sommes devenus amis.

– Ah, tiens ! s'exclama le directeur. Voilà une bonne nouvelle.

A ce moment le trop-plein du réservoir se mit à goutter.

– Ça suffit, Rami, le réservoir est plein. Bravo, tu as bien travaillé.

Il entra dans la maison et en ressortit un instant après avec des pièces de monnaie.

– Voici tes trois millièmes. Mets-les de côté et bientôt tu pourras payer ta dette.

Maintenant Rami allait chaque matin chez le directeur pour remplir le réservoir. Souvent l'archéologue n'était pas là, ayant passé toute la nuit sur le chantier des fouilles, mais le garçon trouvait toujours ses trois millièmes cachés sous une pierre à côté de la pompe. Après avoir rempli le réservoir, il jouait avec Ringo qui adorait courir, sauter et attraper au vol les objets qu'on lui lançait. Rami lui avait fabriqué une balle en chiffon qui était devenue son jouet préféré. Et, chaque fois que le chien la déchiquetait, il s'empressait de la refaire. Très souvent, ils sortaient du jardin et se mettaient à courir à travers le désert, ils grimpaient des collines pierreuses pour ensuite se laisser glisser le long des pentes de sable. Rami ramassait des coquillages fossilisés tandis que Ringo reniflait le vent pour bien se mettre en tête la géographie des lieux. Car pour les chiens, comme tout le monde le sait, l'odorat est le sens le plus important et l'univers est surtout constitué d'odeurs.

C'est au cours d'une de ces randonnées que Rami et Ringo découvrirent une grotte. Elle était cachée derrière deux gros rochers, et le jeune garçon ne se serait jamais aperçu de son existence si le chien ne s'était arrêté brusquement devant une toute petite ouverture en aboyant avec le ton qu'il prenait pour signaler quelque chose d'étrange. Rami s'était approché, s'était couché sur le ventre et avait vu que l'ouverture donnait accès à une sorte de chambre assez vaste, plutôt sombre, où les aboiements du chien réveillaient d'étranges échos. L'enfant s'était glissé à l'intérieur et s'était trouvé dans une salle longue et étroite, où filtrait seulement un rai de lumière. Le sol était tapissé de sable et les parois semblaient recouvertes de cristaux de sel. Rami décida qu'à compter de ce jour cette grotte serait son refuge secret et il ne parla à personne de sa découverte, pas même à son frère Raafat.

Un autre jour, Rami et Ringo se retrouvèrent au sommet d'un éperon rocheux et virent à leurs pieds, dans la vallée, le chantier des fouilles. De là-haut on aurait dit une fourmilière, avec tous ces ouvriers qui s'affairaient. Ils étaient dirigés par un contremaître, l'homme de confiance du directeur, le rayes Noubar. C'était un Saïdien* de taille imposante, qui connaissait bien son travail : on le voyait toujours vêtu de blanc, coiffé d'un

énorme turban, qui allait sans cesse d'un coin à l'autre du chantier, attentif à la moindre défaillance de ses subordonnés.

Rami observa leur travail : certains remplissaient de sable des paniers en fibres de palmier tressées, et allaient les vider trente mètres plus loin ; d'autres balayaient doucement les rochers et les pierres avec une brosse longue et souple ; un troisième groupe était chargé de déposer les uns à côté des autres, avec beaucoup de soin, des tessons de terre cuite qui rappelèrent à Rami la cruche cassée de Nefissa. Il secoua la tête et fit une grimace. Toute cette agitation lui semblait stupide, ces gens auraient mieux fait de travailler dans les champs pour faire pousser du blé et de la luzerne, au lieu de perdre leur temps à gratter le sable du désert.

Ce soir-là, il demanda à son frère Raafat :

– Tu peux m'expliquer ce qu'ils cherchent, ces gens des fouilles ?

– Ils cherchent des trésors, les trésors des pharaons.

Rami se tut, impressionné. Des trésors ?

– D'après ce que racontait l'oncle Madbouli, qu'Allah ait son âme, continua Raafat, le désert est plein de trésors gardés par les *afarit*, les génies de la montagne, et seuls les hommes des missions archéologiques connaissent les mots magiques qui permettent de les découvrir.

A partir de ce jour, Rami considéra le directeur et le rayes Noubar avec un respect mêlé de crainte : il voyait en eux des personnes ayant de mystérieux rapports avec les génies du désert. Il retourna regarder les fouilles du haut de son éperon rocheux, dans l'espoir d'apercevoir un de ces êtres légendaires. Mais les ouvriers qui y travaillaient étaient tous de chair et d'os et il en déduisit que les *afarit* ne devaient fréquenter les lieux que la nuit.

Un vendredi, après la prière, Rami s'approcha du rayes Noubar qui remettait ses babouches sur le seuil de la petite mosquée du village.

– Rayes Noubar, je peux te poser une question ?

Le géant toisa le petit garçon qui se tordait le cou pour pouvoir le regarder en face.

– Qui es-tu ?

– Je suis Rami, le frère de Raafat le tisserand.

– Je lui ai déjà payé son tapis, à ton frère. Qu'est-ce qu'il me veut encore ?

– Je ne suis pas venu te parler de tapis. Je ne savais même pas que mon frère t'en avait fait un.

– Alors, qu'est-ce que tu me veux ? grogna Noubar.

– Je veux savoir comment on fait pour devenir *rayes*, déclara Rami.

Noubar éclata d'un rire tonitruant qui fit se retourner les villageois attroupés devant la mosquée.

– Ha ! ha ! ha ! Tu veux savoir comment on devient *rayes* ? Je vais te le dire : il faut beaucoup travailler, dans le froid de l'hiver, sous le soleil brûlant de l'été, dans les vents de sable du Khamsin. Il faut savoir supporter la soif, la faim et la fatigue. Il faut être aussi patient que Job et aussi malin qu'un serpent et aussi robuste qu'un cheval. Et surtout, il faut être grand et gros, pour que les ouvriers te respectent. Tu as compris, espèce de puce ?

Les villageois se mirent à rire et Rami rougit.

– J'ai compris. Tu te moques de moi parce que je suis petit. Mais je grandirai !

Le rayes Noubar le regarda en se tortillant la moustache.

– Écoute, je vais te confier un secret, dit-il en le prenant par la main et en l'entraînant loin des gens.

Il se pencha vers lui et lui parla à l'oreille :

– Je suis devenu *rayes* parce que mon père l'était, et aussi mon grand-père, et aussi le père de mon grand-père. Je suis *rayes* parce que j'ai le désert dans le sang et que je ne pourrais pas vivre loin d'un chantier. Tu as compris ?

Rami fit oui de la tête. Il comprenait parfaitement.

Il allait de plus en plus souvent sur son rocher, regarder d'en haut ce chantier qui exerçait sur lui un charme mystérieux. Un beau jour, il comprit que les ouvriers qui s'affairaient sous le soleil ne faisaient pas un travail inutile, mais qu'ils accomplissaient un rite vital, aussi nécessaire que les travaux des champs.

Rami n'oubliait pas pour autant d'aller chaque matin tourner la roue de la pompe pour remplir le réservoir du directeur.

Il avait déjà économisé une piastre et quatre millièmes quand le cheikh Abdel Ghelil fit savoir qu'il était guéri et qu'il reprendrait ses leçons le lendemain matin.

4

La salle du *kottab* parut encore plus sombre et exiguë à Rami après huit jours de courses dans le désert avec son ami Ringo. Le chien-loup continuait à descendre chaque jour au village pour faire remplir sa besace par le vieux Darwiche ; après quoi, inquiet, il regardait autour de lui, en reniflant avec attention, guettant son ami qui avait disparu.

A la fin, Ringo perdit patience et se mit à chercher Rami dans les ruelles du village. Tout d'abord, il arriva devant sa maison en créant beaucoup de désordre et de frayeur dans le voisinage. Puis, en suivant la piste de son odeur, il trotta jusqu'au *kottab*. Les écoliers virent la petite fenêtre de la classe s'obscurcir et une grosse tête noire se faufiler entre les barreaux en jappant, si bien que tout le monde se mit à hurler et que le cheikh Abdel Ghelil faillit avoir une attaque d'apoplexie.

– N'ayez pas peur ! dit Rami en essayant de calmer la panique. C'est Ringo, mon ami Ringo.

– Chasse-le ! cria le cheikh Abdel Ghelil en faisant des gestes de conjuration. Chasse ce démon de mon école !

Le garçon ne demandait pas mieux. Il sortit, attrapa le collier du chien et se mit à courir à côté de lui en riant de bonheur, dans le vent et le soleil retrouvés. A mi-chemin, ils rencontrèrent le directeur qui demanda :

– Où avais-tu disparu, Rami ?

– J'ai dû retourner au *kottab* mais, maintenant, c'est fini. Je n'irai plus, et je viendrai chaque matin pomper l'eau comme d'habitude.

– Mais qu'est-ce que tu dis ?

– Je dis que j'en ai assez d'être enfermé. Le *kottab* est une prison et le cheikh Abdel Ghelil est un gardien de prison. Moi, j'aime être libre.

– Comme tu te trompes, répondit le directeur. La vraie prison, c'est l'ignorance. L'ignorance est un mur qui t'entoure de tous côtés et qui t'empêche d'agir comme tu le voudrais.

Rami le regardait, étonné.

– Mais c'est tellement bête de rester assis toute la journée dans une pièce noire alors que dehors il y a plein de soleil et que Ringo m'attend !

Le directeur se mit à rire.

– Les choses belles et bonnes ne sont pas faciles à obtenir. Tu verras, dès que tu auras appris à lire, ce sera comme si des ailes t'avaient poussé. Ce ne sera pas seulement ton corps qui pourra courir par-ci, par-là, mais surtout ton esprit.

– Mon esprit ? Je ne comprends pas, dit Rami.

– Viens avec moi, je vais te montrer quelque chose.

Ils gravirent la colline et l'archéologue le fit entrer dans sa petite maison. C'était la première fois que Rami y mettait les pieds et il s'arrêta sur le seuil, étonné, en voyant des centaines, peut-être des milliers de livres alignés sur des étagères en bois qui tapissaient les murs du sol au plafond.

– Chacun de ces livres est une fenêtre sur le monde. Chacune de ces fenêtres te montre un paysage différent, chacune te fait connaître des choses et des personnages nouveaux. Et chacune te parle, t'apprend, te conseille, te console, si bien que tu deviens riche même si tu es pauvre, libre même si tu es en prison, ta vie se remplit d'imprévus et d'aventures même si – comme moi – tu vis dans le désert.

En disant cela, le directeur avait choisi un livre et le feuilletait devant les yeux étonnés de Rami, qui voyait de merveilleuses images colorées et des mots écrits avec des caractères qu'il ne connaissait pas, et puis encore d'autres images qui représentaient des personnages étranges vêtus d'une manière tout à fait inhabituelle : certains portaient des têtes d'animaux, d'autres étaient entourés de bandelettes. Et puis, au tournant d'une page, Rami reconnut une colline dorée en forme de couffin renversé sur laquelle il avait grimpé, il n'y avait pas si longtemps, tandis que Ringo, qui n'aimait pas les imprudences inutiles, le suivait du regard d'en bas en agitant la queue.

– Je connais cette colline, dit Rami en posant un doigt sur l'image. J'ai grimpé là-dessus.

– C'est la pyramide du roi Zoser, expliqua le directeur.

– Et qui est le roi Zoser ?

– Si tu avais appris à lire, le livre aurait répondu à ta question, mais étant donné que tu ne sais pas encore, je vais te raconter qui était ce roi.

L'archéologue s'assit, fit asseoir Rami à côté de lui et se mit à parler de Zoser, d'Imhotep et de leur pyramide. L'enfant l'écoutait avec attention parce qu'il racontait si bien qu'il avait presque l'impression de se retrouver à cette époque lointaine au milieu d'une foule de personnages hors du commun.

– Voilà, dit le directeur quand il eut fini son histoire, nous sommes justement en train de chercher la tombe d'Imhotep, ministre, médecin et architecte du roi Zoser. Ça fait des années que les archéologues la cherchent et j'espère vraiment la trouver.

– C'est vrai que les trésors des pharaons sont cachés dans le désert ? demanda Rami.

– C'est vrai. Mais ce ne sont pas des trésors comme l'entendent les gens en général, ce sont surtout de merveilleuses œuvres d'art et des objets qui nous aident à connaître l'histoire de notre pays.

Rami ouvrit la bouche une ou deux fois et prit son courage à deux mains.

– Est-ce que je peux vous poser une question ?

– Naturellement.

– C'est vrai que les *afarit* du désert vous aident à chercher les trésors parce que vous connaissez les paroles magiques pour vous faire obéir ?

Le directeur se mit à rire, à rire de tout son cœur, comme s'il avait entendu une histoire très drôle, tandis que Rami rougissait, un peu embarrassé.

– Voilà mes *afarit*, dit enfin le directeur en lui montrant les livres. C'est eux qui me disent ce que je dois chercher et où je dois chercher.

A ce moment, Ringo entra avec sa balle de chiffon et la déposa sur les genoux du jeune garçon, ce qui était une manière très explicite de dire : « Ça suffit, vos bavardages. Viens jouer avec moi. »

– Je ne peux pas jouer maintenant, lui chuchota Rami, je dois retourner au *kottab*. Mais je te promets que, ce soir, je viendrai et, quand j'aurai pompé l'eau, nous jouerons ensemble autant que tu voudras.

Le directeur entendit ces mots et sourit sous ses moustaches.

Le lendemain matin, il fit venir la charrette des sables qu'il employait pour se rendre à Gizeh, loua un fiacre devant l'hôtel Mena House et, vers midi, se rendit au magasin de son bon ami, M. Armellini, le plus grand libraire du Caire.

– Uh, uh, quelle magnifique surprise ! s'écria celui-ci en voyant entrer le directeur. Quel bon vent vous amène depuis votre désert ?

M. Armellini était un petit homme poupin et rougeaud, qui aimait bien manger, rire et plaisanter mais qui, en même temps, connaissait parfaitement son métier : sa librairie, ouverte depuis quelques années seulement, était rapidement devenue la plus grande et la mieux fournie du Moyen-Orient. Tout le monde la connaissait, du khédive* Abbas qui régnait sur l'Égypte aux écoliers qui achetaient chez lui leur premier abécédaire. M. Armellini vendait des livres dans toutes les langues, sur tous les sujets et pour tous les âges, et son rayon pour enfants était unique.

– Mon cher ami, dit le directeur, j'ai besoin d'un livre spécial : il faut qu'il donne envie de lire à un gamin de onze ans qui n'aime pas le *kottab*.

Le libraire se mit à rire.

– Je crois avoir exactement ce qu'il vous faut.

Il passa en sautillant dans le rayon enfants, choisit un volume à la couverture cartonnée et colorée.

– Voici une véritable merveille, annonça-t-il. *L'Enfant du désert*, ça raconte l'histoire d'un petit orphelin qui réussit, après beaucoup d'aventures, à retrouver sa famille.

M. Armellini commença à envelopper le livre avec un beau papier rouge.

– Et comment vont vos fouilles, monsieur le directeur ? Quelles nouvelles d'Imhotep ?

– Toujours introuvable, répondit le directeur en souriant. Mais nous ne perdons pas espoir.

– Ah ! s'exclama le libraire, les yeux luisants. Comme je vous envie de vivre une aventure si exaltante ! Je donnerais toutes les librairies du monde pour être à votre place !

Le directeur paya et prit son paquet. Il était sur le point de sortir quand la voix de M. Armellini le rattrapa sur le seuil.

– Et ce gentil petit auquel vous voulez donner l'envie de lire, c'est le vôtre ? Je ne savais pas que vous étiez marié !

Le directeur ne s'étonna pas de son indiscrétion : tout le monde savait que le libraire était l'homme le plus curieux de la ville et que les potins étaient sa nourriture quotidienne.

– Rassurez-vous, je suis toujours célibataire, dit-il en riant, et l'enfant n'est pas le mien… Mais j'aurais aimé qu'il le soit.

Il sortit, sans voir une dame à l'immense chapeau fleuri qui venait d'entrer : c'était l'épouse du consul de Grèce.

M. Armellini vint à la rencontre de la nouvelle venue en se frottant les mains.

– Chère madame Papayanni, devinez qui était là il y a un instant !

– Oh, je sais, dit l'autre d'une voix émue. C'est le directeur, l'ermite de Sakkara !

La dame était habillée selon la dernière mode de l'époque d'une robe couleur prune étranglée à la taille et pourvue sur l'arrière d'une remarquable tournure en dentelle écrue.

– Ermite est le mot juste, confirma M. Armellini. Cet homme s'est mis en tête de trouver la tombe d'Imhotep, il a quitté Le Caire et ses pompes pour s'installer dans une cabane au désert, et Son Altesse le khédive, au lieu de le retenir, lui a donné le champ libre.

– Oh ! gloussa la dame en s'éventant, comme tout cela est romantique… Croyez-vous qu'il finira par la trouver, cette tombe, et qu'il reviendra parmi nous ? Nous ressentons cruellement son absence aux réceptions des ambassades.

– Je ne saurais vous dire, madame, murmura Armellini avec un regard bizarre. Mais si ça devait arriver… je serais sans doute le premier à l'apprendre.

Le lendemain, Ringo vint à la rencontre de Rami en agitant joyeusement la queue, comme pour lui annoncer une bonne nouvelle. En effet, quand le garçon fut arrivé en haut de la colline, il trouva le directeur qui l'attendait avec un paquet à la main.

– Tiens, c'est pour toi.

– Pour moi ? s'étonna Rami.

C'était la première fois qu'il recevait un cadeau et il ne savait pas très bien quoi dire. Merci lui sembla bête, alors il marmonna quelque chose d'incompréhensible.

– J'espère que ça te plaira, dit le directeur en riant. Tu n'ouvres pas ton paquet ? Tu n'es pas curieux de voir ce qu'il y a dedans ?

L'enfant ouvrit le paquet et découvrit un gros livre à la couverture rigide et colorée.

– Voici le premier livre de ta future bibliothèque, annonça le directeur.

Rami l'ouvrit et constata avec étonnement qu'il comprenait presque tout ce qui y était écrit : les lettres étaient larges et claires et, sur chaque page, il y avait des images en couleurs qui parlaient d'elles-mêmes. Oubliant tout ce qui l'entourait, il s'assit sur les marches de la véranda et se mit à lire. Voici que commençait la belle aventure, voici que se réalisaient les promesses du directeur et que la lecture devenait un véritable plaisir. Au *kottab*, Rami n'avait pas pu constater cette vérité dans la pratique : les leçons du pauvre vieux cheikh Abdel Ghelil étant terriblement ennuyeuses. Mais voilà que maintenant il reconnaissait les lettres et les sons et que tout cela se fondait harmonieusement en petites histoires extraordinaires, qu'il retrouvait ponctuellement dans les belles images qui accompagnaient le texte.

Le soir venu, il était toujours assis sur sa marche en train d'ânonner.

– Tu es encore là ? s'étonna le directeur en rentrant du chantier. Ça suffit, maintenant, tu vas te faire mal aux yeux en lisant dans l'obscurité. Et je parie que tu as oublié de pomper l'eau !

Rami courut à la pompe et remplit le réservoir, puis salua le directeur et se mit à dévaler la colline, suivi par Ringo qui, chaque soir, l'accompagnait jusqu'aux premières maisons de Mit Rehina.

– Je sais lire, je sais lire ! chantonnait-il en sautant d'un rocher à l'autre.

Il se sentait heureux, léger, il avait vraiment l'impression de voler. Il arriva bientôt à la grande route, la traversa et, comme chaque soir, se tourna vers Ringo.

– Va, retourne chez le directeur. On se verra demain.

Le chien s'arrêta et s'assit sur ses pattes de derrière, obéissant, et Rami pénétra dans le village qui, à cette heure, était sombre et désert. La maison de Raafat le tisserand était à l'opposé et il avait encore un bon bout de chemin à faire. Mais, au moment où il passait devant la maison du cheikh Mansi – qui était l'homme le plus riche du village –, il vit une chose étrange. Une silhouette noire était en train d'enjamber le parapet du toit-terrasse et se glissait sans bruit le long de la corniche qui faisait le tour de la maison. L'ombre laissa tomber dans la rue un baluchon qui avait l'air d'être assez lourd, puis sauta à son tour sur un tas de fumier qui amortit sa chute. Et Rami se trouva nez à nez avec Hammouda, fils d'omm Hammouda, qui revenait de toute évidence d'une fructueuse razzia dans la maison du vieux cheikh.

5

– Qu'est-ce que tu fais, Hammouda ? D'où viens-tu ? demanda Rami, soupçonneux.

– Ce n'est pas ton affaire, répondit-il sans aménité, en secouant le fumier de sa *gallabieh**.

– Je suis sûr que tu as encore une fois obéi au démon et que tu as volé ! Tu as pris les bijoux de la femme du cheikh, la hagga* Manseia !

Rami se précipita sur le baluchon qui était tombé du toit et le soupesa.

– C'est bien ce que je pensais. Tu n'as pas honte ? Tu veux finir tes jours en prison ?

Hammouda éclata de rire.

– Écoutez-moi ce morveux ! Pas d'histoires, rends-moi mon baluchon et rentre chez toi !

Rami serra le paquet contre sa poitrine, bien décidé à ne pas céder.

– Nous allons appeler le cheikh Mansi, s'il me dit que le contenu de ce paquet ne lui appartient pas, je te le rendrai.

Hammouda avait fini de nettoyer sa *gallabieh* et commençait à s'énerver.

– Écoute-moi bien, espèce d'avorton, tu ne fais pas le poids contre moi. Ou tu me rends ça, ou je te flanque une raclée que tu n'oublieras jamais !

En disant cela, il descendit de son tas de fumier et fit un pas vers Rami, l'air menaçant.

– Cheikh Mansi ! cria Rami. Cheikh Mansi !

– Ah, c'est comme ça ? gronda Hammouda. Je vais te le montrer, ton cheikh Mansi, moi !

Le voleur savait très bien que le vieux cheikh et sa femme, la hagga Manseia, dormaient de l'autre côté de la grande maison de pierre. De plus, étant donné qu'ils étaient tous les deux sourds comme des pots fêlés, il n'y avait aucune chance que les cris de Rami les réveillent. Il avança vers lui avec un sourire sinistre, goûtant d'avance la raclée qu'il était sur le point de lui infliger. Cela faisait quelque temps qu'il en avait envie car, de tous les gosses du village, Rami était le seul qui osait encore lui tenir tête : le moment était venu de lui apprendre à respecter ses aînés.

Rami serra encore plus fort le baluchon sur sa poitrine et commença à reculer lentement. Hammouda avançait sans se presser, sûr de lui. A cette heure tardive, il n'y avait plus personne dans les rues qui aurait pu l'empêcher d'infliger à ce mioche la correction de sa vie.

– Donne-moi ça ! grogna-t-il en arrachant d'une main le baluchon et en attrapant de l'autre le col de la *gallabieh* de l'enfant. Tu voulais appeler le cheikh Mansi ? Vas-y, appelle-le. Vas-y ! Qu'est-ce que tu attends ?

Et, en disant cela, Hammouda le secouait avec la même énergie qu'il aurait employée pour faire tomber les fruits d'un sycomore. Le beau livre illustré que le directeur des fouilles venait de lui offrir tomba dans la poussière.

– Ah, l'écolier se promène avec des livres ? L'écolier veut devenir un maître d'école ? Je vais te montrer ce que je fais de ton livre, moi !

Et, sans lâcher prise, Hammouda mit son gros pied sur le précieux bouquin et commença à l'écraser.

– Non ! cria Rami. Laisse mon livre ! Laisse mon livre !

– Ha, ha ! ricana le voleur, tout content d'avoir finalement trouvé le point faible de son adversaire. Je vais en faire des confettis, de ton livre, je vais le réduire en miettes.

Mais, tout à coup, il s'immobilisa.

– Qu'est-ce que… ?

43

Rami tourna la tête et vit Ringo. A vrai dire, il le reconnut à peine, tant le chien avait l'air différent. Il fixait Hammouda, en position d'attaque : les pattes de derrière pliées, la queue basse et immobile. Un rictus féroce découvrait ses dents et un sourd grondement montait de sa gorge.

– Il vaudrait mieux que tu me laisses tranquille, Hammouda, lui conseilla Rami calmement.

L'autre le lâcha tout doucement. Rami mit de l'ordre dans ses habits et ramassa son livre.

– Maintenant, donne-moi ce fameux baluchon. Doucement. Oui… voilà.

Il prit le paquet de bijoux volés et appela Ringo. Le chien se détourna un instant de Hammouda, transformé en statue de sel, mais reprit tout de suite sa pose menaçante.

– Tu as raison, dit Rami au chien, surveille-le encore un peu.

Il tourna l'angle de la maison du cheikh, alla à la porte d'entrée et, se hissant sur la pointe des pieds, se mit à frapper avec le lourd heurtoir de fonte qui avait la forme d'un poing serré. Il était bien heureux d'avoir l'occasion de le faire légitimement, parce que ce heurtoir si original et bruyant fascinait les gosses de Mit Rehina depuis le jour où on l'avait installé.

– Qui frappe à cette heure ? Que voulez-vous ? répondit enfin une voix à moitié endormie.

– Ouvrez, cria Rami, j'ai des choses qui vous appartiennent.

Quelqu'un à l'intérieur fit tourner des clés, grincer des verrous et, enfin, la lourde porte s'ouvrit en gémissant.

Un vieux domestique parut, illuminé par une lampe à pétrole.

– A quoi ça sert de vous enfermer comme ça, demanda le garçon, puisque les voleurs entrent chez vous comme dans un moulin ?

En disant cela, il tendit le baluchon.

– Voilà, je passais par là, j'ai vu quelqu'un qui sautait du toit de votre maison. Quand le voleur a vu mon chien, il a eu peur et il s'est enfui en laissant tomber ce paquet.

Le vieux domestique prit le baluchon, l'ouvrit, et un énorme étonnement se peignit sur sa figure.

– Bon Dieu, c'est vrai ! Ce sont les bijoux de la *hagga* ! Viens, viens, il faut réveiller le maître, il va sûrement te récompenser ! Qui es-tu ? Comment s'appelle ton père ?

En disant cela, le vieux domestique releva la tête, mais Rami avait disparu.

– Ehi ! cria le vieux, reviens… reviens… !

Mais la rue était déserte. En effet, Rami n'avait pas attendu pour se précipiter vers Ringo et l'attraper par le collier avant qu'il fasse un malheur. Hammouda était toujours immobile comme une statue de sel à l'endroit où il l'avait laissé.

Rami caressa la tête du chien.

– Calme, Ringo, calme.

Il se détendit visiblement, leva la tête vers son ami et agita la queue.

– Voilà, maintenant tu peux filer, Hammouda, dit le garçon.

Mais l'autre ne bougea pas.

– Je ne comprends pas. Tu ne m'as pas dénoncé.

Pourquoi ? Tu attends que je tourne le dos pour lancer ce monstre à mes trousses, n'est-ce pas ?

— Ma parole, tu es bouché ! s'exclama Rami. D'ailleurs, si tu étais intelligent, tu cesserais ta vie de fainéant et de voleur, tu apprendrais à lire et à écrire et tu deviendrais une personne respectable.

— Je suis très respectable, affirma Hammouda, vexé.

— Tu confonds le respect avec la peur. Un jour, quand on t'attrapera, ces mêmes enfants qui te « respectent » viendront te lancer des tomates pourries par la fenêtre de la prison, comme ils l'ont fait pour Bastaouissi qui avait volé l'âne du hag* Farghali.

— Tout ça, c'est très bien, mais tu ne m'as pas dit pourquoi tu n'as pas ameuté la maisonnée du hag Mansi et tu ne m'as pas fait arrêter.

— Je ne sais pas, dit Rami, songeur. J'ai eu envie de te donner encore une chance. Tu sais quoi, Hammouda ? Je vais te présenter un personnage formidable qui te fera comprendre tout ce que je ne suis pas capable de t'expliquer.

— C'est lui qui t'a donné ce beau livre ?

Rami crut percevoir une pointe d'envie dans la voix de Hammouda.

— Oui, et il t'en donnera un aussi, quand tu auras appris à lire !

Le lendemain matin, Rami montra le livre à son frère Raafat, qui admira longtemps les images.

— Comme j'aimerais pouvoir reproduire des images comme celles-ci sur mes tapis. Regarde comme elles sont belles, regarde ces couleurs !

– Il suffit que tu demandes à Darwiche de t'apporter de la laine colorée de Béni-Souef, proposa son frère.

Et, en disant cela, il se rappela les paroles du directeur : « Un livre est une fenêtre ouverte sur le monde. » Ces paroles étaient la pure vérité : leur maison était entourée depuis toujours de champs verts et de palmiers et de canaux où se reflétait le ciel bleu et, pourtant, ils ne s'étaient aperçus de toutes ces belles choses qu'après les avoir vues sous forme d'image dans un livre. Il y avait sûrement dans les livres une sorte magie, pensa Rami, qui dessillait les yeux et permettait de mieux voir l'univers autour de soi.

Maintenant, il fréquentait le *kottab* du cheikh Abdel Ghelil avec un tout autre esprit. En écoutant les leçons, il lui semblait réellement se préparer à une belle aventure, qu'il vivrait un jour en compagnie des livres. Ce n'était pas facile, mais si d'autres avaient pu apprendre à lire, pourquoi pas lui ? Puis, l'après-midi, il gravissait la colline et allait pomper l'eau pour le directeur. Il avait payé sa dette au vieil oncle Darwiche, et économisait maintenant tout l'argent qu'il gagnait. Après avoir fini de pomper Rami prenait son livre, appelait Ringo, et s'en allait lire, étendu au seuil de sa grotte, jusqu'au coucher du soleil. Quand il eut fini de lire *L'Enfant du désert*, le directeur lui fit trouver un nouveau livre intitulé *Dans la brousse africaine*, puis un troisième, *Contes de l'Égypte ancienne*. La petite bibliothèque de Rami était en train de prendre forme. Suivant l'exemple du directeur, il lui avait réservé une place de choix dans sa modeste maison.

Pendant ce temps, son frère Raafat était en train de tisser un *klim* extraordinaire : du jamais vu, un tapis tout plein d'arbres, de fleurs et d'oiseaux de mille couleurs. Tout en tissant, il pensait souvent au livre qui était à l'origine de tout cela et au directeur qui en avait fait don à Rami. Il aurait voulu pouvoir le remercier.

– Rami, dit-il un jour, M. le directeur des fouilles a été très gentil avec toi. Tu crois qu'il accepterait de venir chez nous, si nous l'invitions à dîner ?

6

Le directeur accepta avec plaisir l'invitation à dîner transmise par Rami, mais demanda qu'on ne lui prépare pas de plats avec de la viande ou de la volaille, parce que, dit-il, il était végétarien. Rami, qui n'était pas au bout de ses surprises, alla porter l'étrange nouvelle à Chalabeia, chargée de la cuisine, ce qui provoqua une certaine confusion dans l'esprit de la pauvre fille, pour laquelle il n'y avait pas de repas digne de ce nom sans une profusion de poulets, d'oies et de canards.

Mais le directeur trouva le repas excellent, savoureux et cuit à point et chargea Rami de transmettre ses compliments à la cuisinière invisible.

– Alors mon frère a raison de vouloir l'épouser, dit Rami d'un air faussement naïf, tandis que Raafat rougissait terriblement.

Le directeur affirma gravement qu'une jeune fille qui cuisinait si bien des légumes sans viande ferait certainement une excellente épouse. Puis il demanda à Raafat de lui montrer ses tapis et celui-ci, en rougissant de plus en plus, le fit passer dans son minuscule atelier où, pendu au métier, il y avait justement le beau *klim* qu'il était en train de terminer. Sur un fond de champs verts, on voyait un arbre au feuillage sombre plein d'oiseaux de toutes les couleurs. Au pied de l'arbre, il y avait un étang couleur turquoise où nageaient des canards verts et des oies blanches.

Le directeur observa le tapis pendant assez longtemps, puis déclara qu'il était très beau et qu'il l'achèterait dès qu'il serait fini.

– Je voulais des tapis à mettre sur le sol, dit-il à Raafat, mais celui-ci est tellement beau que je le pendrai au mur dans mon bureau.

Le printemps était revenu et le cheikh Abdel Ghelil donna congé à ses élèves parce qu'il faisait trop chaud. Rami allait chaque matin à la maison sur la colline pour pomper l'eau, lisait un peu à l'ombre d'un arbre dans le petit jardin, puis allait courir dans le désert avec Ringo. Ils se dirigeaient surtout du côté de l'éperon rocheux qui dominait le chantier des fouilles où les ouvriers travaillaient maintenant avec une certaine lenteur à cause de la chaleur.

Un jour, pendant qu'ils étaient en train de regarder distraitement ce qui se passait dans le chantier, un des ouvriers se mit à gesticuler en poussant des cris. Rami pensa d'abord qu'il avait été piqué par un scorpion, puis il remarqua que tous les ouvriers qui s'étaient massés autour de lui regardaient quelque chose par terre, à ses pieds. A ce moment, le directeur arriva en courant, se fraya un chemin parmi les ouvriers et se pencha à son tour sur « la chose » que le rayes Noubar lui montrait.

Puis il se releva, secoua la tête et fit de larges gestes pour disperser l'attroupement. Les ouvriers reprirent leur travail et la journée se conclut dans le calme, comme elle avait commencé. Mais quand, au crépuscule, Rami retourna avec Ringo à la villa du directeur, il entendit celui-ci qui parlait avec le rayes Noubar sous la véranda.

– Nous sommes peut-être à la veille d'une découverte importante, disait le directeur. La marche que l'ouvrier a trouvée aujourd'hui est sûrement la première d'un escalier qui conduit à une tombe. Nous attendrons la lune puis nous retournerons au chantier pour voir de quoi il s'agit.

Sans y penser deux fois, Rami décida qu'il allait suivre le directeur et Noubar et qu'il assisterait à la découverte du mystérieux escalier. Il précéda les deux hommes et attendit avec patience sur son rocher que la lune illumine la vallée. Assis à côté de lui, Ringo semblait tout aussi curieux de savoir ce qui allait se passer.

Quand la lune surgit enfin, il vit arriver le directeur et Noubar, armés de pelles et de grands sacs. Ils se mirent immédiatement au travail avec entrain. Rami aurait voulu les aider mais l'instinct lui disait qu'en ce moment sa présence n'aurait pas été appréciée. Les deux hommes travaillèrent pendant une heure à déblayer l'escalier, puis le directeur se redressa.

– C'est bien un tombeau. Et il est intact, annonça-t-il.

Sa voix résonnait clairement dans le silence de la nuit. Il alluma une lampe à pétrole et l'approcha d'une large pierre qui avait paru sous le sable.

– C'est la tombe d'Hor Hotep, déclara-t-il enfin.

– Ce n'est pas celle d'Imhotep ? demanda Noubar.

– Non, mais c'est un tombeau que les voleurs n'ont probablement jamais visité. Regarde, le sceau n'a pas été brisé. Il doit se trouver exactement dans l'état où il était quand on l'a refermé il y a cinq mille ans.

Le directeur reprit sa pelle.

– Nous allons recouvrir l'escalier. Cette découverte est trop importante, nous ne pouvons continuer avant d'avoir averti le ministère de l'Intérieur, au Caire.

Rami vit les deux hommes remplir à grands coups de pelle la fosse qu'ils avaient creusée avec tant de peine.

– Naturellement, tu ne dois rien dire à personne : ni aux ouvriers, ni même à ta famille, recommanda le directeur à Noubar.

– Personne n'en saura rien.

– Une nouvelle comme celle-ci peut donner des idées à des personnes sans scrupules : nous n'ouvrirons la tombe qu'en présence des autorités.

– Vous avez tout à fait raison, renchérit le rayes Noubar. Les enfants du péché sont si nombreux !

Les deux hommes effacèrent sur le sable toute trace de leur passage et prirent le chemin du retour. Rami aussi rentra à la maison où son frère commençait à s'inquiéter.

– Peut-on savoir où tu étais ? Est-il possible que, pour ce chien, tu oublies tout, même l'heure de te coucher ?

L'enfant se tut. Pour expliquer son retard, il aurait fallu qu'il raconte à Raafat ce qu'il avait vu, mais il se sentait engagé comme Noubar par la promesse que le *rayes* avait faite au directeur.

– Bon, reprit Raafat, quand demain matin tu verras

53

M. le directeur, tu lui diras que le tapis est fini et tu lui demanderas quand je pourrai le lui apporter.

Le tapis, encore accroché au métier, montrait au-dessus de son arbre un ciel tout bleu où se promenaient de petits nuages blancs et des hirondelles noires.

– Il est superbe ! s'exclama Rami. Je suis sûr que le directeur l'aimera beaucoup.

Le lendemain, en fin de matinée, le tisserand se rendit pour la première fois de sa vie à la petite maison sur la colline. Quand il arriva, le directeur était sur le point de partir sur la charrette des sables.

– Je regrette, Raafat, je dois me rendre au Caire d'urgence. Mais je veux quand même voir ce que tu as fait.

Raafat déplia sur le sable son chef-d'œuvre et épia anxieusement les réactions du directeur. Celui-ci regarda le *klim*, puis descendit de la charrette et l'observa avec un intérêt évident.

– Ce tapis est très beau, déclara-t-il enfin. Vraiment très beau ! Je désire que tu m'en fasses d'autres, avec d'autres motifs. Dessine ce que tu veux et choisis les couleurs qui te plaisent.

Puis il lui demanda de le suivre dans la maison.

– Si je ne devais pas descendre au Caire tout de suite, j'aurais aimé que tu me racontes comment tu as eu l'idée de faire un tapis pareil.

– C'est le livre que vous avez offert à mon frère qui m'a donné envie de faire des motifs en couleur, expliqua Raafat.

Le directeur sourit. Il ouvrit un tiroir, compta des

billets de banque et les lui tendit. Le tisserand prit l'argent, le regarda et demanda :

– Qu'est-ce que c'est ?

– De l'argent, répondit le directeur en riant. Dix billets de dix livres.

– Dix billets ? Mais c'est trop ! bégaya Raafat en rougissant. Je vends mes tapis deux ou trois livres, pas plus !

– Ce tapis en vaut cent et peut-être davantage, affirma le directeur en remontant sur sa charrette. Ce n'est pas un tapis comme les autres, c'est un tableau, une œuvre d'art, et l'art n'a pas de prix.

Et il fit partir son cheval au trot.

Raafat rentra chez lui, le cœur battant et la tête en ébullition. Il montra tout de suite l'argent à Rami qui, comme lui, n'avait jamais vu une somme pareille.

– Finalement, je vais pouvoir épouser Chalabeia ! dit Raafat qui ne tenait plus en place de bonheur. Que Dieu bénisse M. le directeur ! Que Dieu le protège et le garde !

Le lendemain matin, Rami sortit pour aller attendre son ami Ringo près de l'éventaire du vieil oncle Darwiche, et Raafat, plein de joie et d'enthousiasme, commença à tendre sur son métier les fils d'un nouveau tapis. Il travaillait avec entrain mais, de temps en temps, ses yeux s'envolaient vers la caisse où il avait enfermé l'argent. Enfin, n'y tenant plus, il courut compter les beaux billets rouges pour la énième fois.

– Un, deux, trois…

A ce moment, on frappa violemment à la porte. Il alla ouvrir et se trouva immédiatement entouré et immobilisé par une demi-douzaine de policiers.

– Voilà le criminel et voilà l'argent ! s'écria un sergent aux grosses moustaches. Nous t'avons attrapé sur le fait, voleur, assassin !

– Assassin, voleur, où as-tu mis le reste de l'argent ? demanda un autre. Ici, il n'y a que cent livres !

– Nous allons t'apprendre à apporter la honte et le déshonneur dans notre village ! gronda un troisième en lui passant les menottes.

– Et tu nous diras ce que tu as fait du directeur, où tu l'as enterré, criminel, assassin ! cria un quatrième policier.

7

– Mais que dites-vous ? bégaya Raafat. Cet argent est à moi, le directeur me l'a donné !

– Ne nous raconte pas d'histoires, tu as volé tout l'argent que ce pauvre homme gardait chez lui, puis tu l'as tué, et Dieu seul sait où tu as enterré son cadavre, décréta un jeune officier qui n'avait pas encore ouvert la bouche.

– Cherchez l'arme du crime, ajouta-t-il en s'adressant à ses hommes. Mais, à mon avis, le criminel l'a sûrement ensevelie avec le cadavre !

Raafat avait l'impression de vivre un cauchemar.

– Mais de quel cadavre vous parlez ? Je n'ai tué personne, moi, je fais le tisserand…

Des voisins – parmi lesquels on remarquait Nefissa et Chalabeia – s'étaient attroupés devant l'entrée de la maison et suivaient du regard les policiers qui fouillaient partout, en faisant beaucoup de bruit et en soulevant beaucoup de poussière. Les commentaires fusaient :

– Je suis sûr qu'ils se trompent, Raafat est un garçon honnête !

– Mais de quoi l'accuse-t-on au juste ?

– Ils disent qu'il a tué le directeur des fouilles, là-haut, sur la colline !

Le jeune officier se tourna vers le tisserand.

– Où est ton frère, celui qui travaille chez le directeur ?

– Je ne sais pas, répondit-il, au bord des larmes.

Les policiers, en fouillant, avaient fait tomber son métier et les fils s'étaient embrouillés.

– Il est sorti ce matin pour aller travailler, comme chaque jour.

– Naturellement, il est sorti pour donner le change, comme si de rien n'était ! fit le jeune officier avec un sourire méchant.

En entendant ces mots, Nefissa se glissa hors du cercle des curieux et s'éloigna tout doucement pour ne pas attirer l'attention. Mais, dès qu'elle eut tourné le coin de la maison, elle se mit à courir aussi vite qu'une gazelle vers l'éventaire du vieux Darwiche. Rami n'était pas là.

– Il vient de partir, lui expliqua oncle Darwiche. Il a attendu Ringo, mais le chien n'est pas venu. Qu'est-ce qui se passe ? Il y a un grand va-et-vient de policiers, tu sais quelque chose, toi ?

Mais la fillette s'était déjà remise à courir et ne l'entendait plus. Elle réussit à rattraper Rami à mi-côte.

– Arrête-toi, arrête ! cria-t-elle avec toute la voix dont elle disposait.

Il se retourna.

– Qu'est-ce qui te prend ?

La petite le rejoignit.

– Ne va pas chez le directeur, il paraît qu'on l'a tué, la police a arrêté ton frère Raafat et maintenant ils te cherchent ! dit-elle, tout essoufflée.

– Tu es devenue folle, Nefissa ?

– Mais non, c'est vrai, c'est tout à fait vrai, je le jure !

– Mais pourquoi ? Comment ? Pourquoi a-t-on tué le directeur ? Et pourquoi a-t-on arrêté mon frère ?

Elle remonta ses épaules jusqu'aux oreilles pour exprimer son ignorance.

– Pour le moment, il faut que tu te caches. On apprendra la vérité plus tard !

– Mais je ne peux pas laisser mon frère seul dans ce pétrin ! s'écria Rami.

– En quoi pourras-tu lui être utile si on te met en prison avec lui ?

Il réfléchit et trouva que ce que disait Nefissa n'était pas sot.

– Tu as raison. Viens avec moi.

Il la prit par la main et les deux enfants se mirent à courir à travers le désert vers une colline plus haute que les autres, d'où on pouvait voir aussi bien la villa du directeur que le chantier des fouilles. De leur observatoire, ils constatèrent que le chantier était désert, tandis que la villa était encerclée de policiers qui entraient et sortaient par la porte principale. Ringo était attaché à un pilier de la véranda et Rami fit le geste de s'élancer à sa rescousse mais, encore une fois, Nefissa le retint.

– Plus tard, quand il fera nuit…

– Je ne comprends pas pourquoi ils l'ont attaché, Ringo n'aime pas ça, c'est un chien qui sait se tenir ! s'exclama Rami, furieux.

A ce moment, le rayes Noubar parut sous la véranda et Ringo se comporta d'une manière qui contredisait tout à fait les propos du garçon. Il se dressa sur les pattes de derrière, se mit à aboyer furieusement et, sans la corde qui le retenait, il aurait sans doute sauté sur le *rayes* et certainement pas pour lui faire la fête. Rami ne l'avait jamais vu dans cet état de rage féroce.

– Qui est-ce ? Ce n'est pas le rayes Noubar ? demanda Nefissa.

– Si, c'est lui.

– On dirait que Ringo ne l'aime pas du tout, remarqua la fillette.

– Et pourtant il le connaît bien… c'est drôle.

Maintenant le rayes Noubar descendait vers la vallée en compagnie de deux policiers, poursuivi par les aboiements furieux de Ringo.

– Je crois qu'ils ont arrêté Noubar aussi, constata Nefissa.

– Tout est possible, répondit Rami. Mais maintenant, je dois me cacher. Viens, je vais te montrer ma cachette pour que plus tard tu puisses m'apporter de l'eau et un bout de pain.

– D'accord, répondit-elle, tout heureuse de se rendre utile.

Elle n'avait jamais oublié que Rami s'était mis à travailler chez le directeur pour pouvoir payer sa cruche cassée par Hammouda, fils d'omm Hammouda.

Ainsi il la conduisit dans sa grotte secrète.

– Cette grotte m'appartient et personne ne connaît son existence, sauf Ringo. Tu es la première personne à qui je la montre, et gare à toi si jamais tu trahis mon secret.

Nefissa se frappa la poitrine avec la main droite.

– Que ma langue tombe si jamais je dis un mot sur ta grotte.

– Fais attention que personne ne te suive quand tu viendras m'apporter à manger !

– Personne ne me suivra.

– Va, maintenant, et n'oublie pas que je mourrai de faim et de soif si tu ne reviens pas !

– Je n'oublierai pas.

Nefissa partit en courant et Rami se glissa au fond de la grotte qui, à cette heure du jour, était tout illuminée par les rayons de soleil qui faisaient scintiller ses parois couvertes de cristaux translucides. Il s'étendit sur le sable frais pour réfléchir à ce qui était arrivé.

Dans le petit poste de police de Mit Rehina, l'interrogatoire de Raafat battait son plein.

– Hier dans l'après-midi, dit le *maamour**, tu t'es rendu chez le directeur des fouilles dans sa villa sur la colline.

– C'est vrai, acquiesça Raafat. M. le directeur m'avait commandé un tapis et j'ai été le lui apporter.

– Nous avons trouvé chez toi pas mal d'argent, d'où vient-il ?

– Le directeur m'a donné cent livres pour le tapis que je lui ai fait.

– Tu peux raconter ces histoires à tes amis du village, mais pas à moi, répliqua le *maamour* en fronçant les sourcils. Tu vas nous dire la vérité ou nous devrons employer d'autres méthodes !

– Mais je dis la vérité, je le jure ! cria Raafat.

– Emmenez-le, ordonna le *maamour*, et enfermez-le sous l'escalier, pour qu'il ne puisse pas communiquer avec l'extérieur. Ensuite trouvez-moi son frère, et plus vite que ça !

A ce moment entra un vieux policier vêtu de toile kaki, avec une liasse de papiers à la main.

– Voici le rapport, monsieur l'officier. Nous avons trouvé des traces de sang dans le salon et sur les escaliers. Et nous avons retrouvé la charrette du directeur abandonnée dans le désert.

Le *maamour* lut attentivement le rapport et secoua la tête.

– J'ai bien peur que le pauvre directeur n'ait été tué. Maintenant il s'agit de retrouver son corps.

– M. l'officier pense que Raafat est l'assassin ? demanda respectueusement le vieux policier.

– J'en suis presque certain. Il a eu la possibilité matérielle de commettre le crime et il avait un bon mobile.

– Pourtant, dans le village, Raafat est connu comme un jeune homme doux, honnête et travailleur, fit valoir le vieux policier.

– Le démon a dû lui parler à l'oreille, répliqua le *maamour*. De toute manière, l'enquête nous dira s'il est coupable ou innocent.

Il regarda par la fenêtre le soleil qui se couchait derrière les collines de Sakkara.

– Je me demande où a disparu son frère. Il paraît qu'il n'a que onze ans ! Depuis le crime, personne ne l'a vu. Quelqu'un a dû l'avertir et maintenant il se cache. Dommage, parce que je suis sûr qu'il aurait pu nous apprendre des choses intéressantes.

Dans sa cachette, Rami commençait à frissonner. Les nuits au désert sont toujours très froides, même au printemps. Mais voici qu'arrivait la petite Nefissa, avec une

63

gargoulette pleine d'eau, cinq galettes de pain, du fromage, des radis et… une couverture.

– Tu penses à tout, dit Rami, admiratif.

Les enfants mangèrent ensemble puis la fillette se leva pour partir.

– Demain, n'oublie pas d'apporter à manger pour Ringo aussi, lui recommanda Rami.

– Tu vas l'amener ici ?

– Je ne peux pas le laisser avec les policiers, ils sont capables d'oublier de le nourrir !

– Tu as raison, il vaut mieux qu'il soit ici, avec toi.

Ainsi, quand la nuit tomba, Rami sortit de sa cachette et se dirigea vers la petite villa du directeur dont le balcon était éclairé par une lampe à pétrole. Mais quand il arriva à la porte du jardin, il vit deux policiers qui buvaient du thé, assis sur les marches de la véranda.

8

Ringo sentit immédiatement l'odeur de son ami : il dressa les oreilles et commença à gémir tout doucement.

– Qu'est-ce qu'il a, ce chien ? demanda un des policiers.

– Que veux-tu qu'il ait ? répondit l'autre. Il pleure son maître !

Caché derrière le petit muret du jardin, Rami attendit assez longtemps l'occasion de s'approcher de Ringo pour le délivrer. Un des policiers s'était étendu sur le sol en bois de la véranda où il ronflait déjà, mais l'autre sirotait encore son thé. Enfin il se leva.

– Je rentre laver les verres.

L'autre lui répondit par un grognement.

A ce moment, Rami se glissa dans le jardin et s'approcha de Ringo en rampant. Celui-ci avait compris qu'il ne fallait signaler en aucune manière la présence de son ami, et il se limita à agiter faiblement la queue.

On avait fait cinq ou six nœuds à la corde qui retenait son collier, mais l'enfant n'essaya même pas de les défaire et se mit à la ronger avec ses dents : il voulait que l'on croie que Ringo s'était délivré tout seul. L'opération prit quelque temps, mais enfin le chien fut libre et les deux amis sortirent tout doucement du jardin, aussi silencieux que des ombres. Dès qu'ils se furent éloignés d'une centaine de mètres, ils se mirent à courir comme des fous pour mettre le plus d'espace possible entre eux et la police. Arrivé à la grotte, Rami fit boire Ringo qui mourait de soif et lui donna à grignoter deux galettes entières. Puis ils s'étendirent l'un à côté de l'autre et s'endormirent immédiatement, parce qu'ils avaient vécu une journée terrible.

Rami fut réveillé par le soleil qui, à cette heure matinale, entrait horizontalement dans la grotte et l'éclairait abondamment. Il était un peu courbaturé d'avoir dormi sur le sable froid mais Ringo semblait aussi guilleret que d'habitude. Dès que Rami eut ouvert les yeux, il se mit à le pousser du museau et à le tirer par un pan de sa *gallabieh*, comme pour lui dire de sortir et de le suivre.

– Mon cher Ringo, si je sors tu sais ce qui va arriver ? On va m'attraper, on va me mettre en prison et tu mourras de faim. Si seulement tu pouvais me raconter ce qui est arrivé ! Où est le directeur ? Qui l'a tué ?

A ces mots, le chien se mit à gémir et à le pousser vers la sortie avec une telle force que Rami comprit que probablement son ami savait où se trouvait le directeur – mort ou vivant – et qu'il voulait le conduire jusqu'à lui. A ce moment, il éprouva une peur terrible parce qu'il n'avait jamais vu un mort et l'idée de découvrir le corps du directeur le faisait trembler. Mais l'espoir de le retrouver vivant fut le plus fort et il décida de suivre Ringo hors de sa cachette.

Comme s'il avait compris qu'il ne fallait pas qu'on les voie, Ringo passa par des vallonnements et des gorges très éloignés des sentiers battus et, quand ils furent arrivés dans la plaine, il coupa à travers les champs de luzerne pour que personne ne puisse les apercevoir du village. Ainsi, parfois en courant et parfois en reniflant le sol, Ringo conduisit Rami dans un endroit planté de milliers de palmiers parmi lesquels était couchée une statue colossale. Il n'était jamais venu dans cet endroit parce que la statue avait mauvaise réputation : on disait que la nuit des sorcières et des esprits l'entouraient de leurs sarabandes. Mais, cette fois, il la regarda avec attention et remarqua que ce n'était qu'une énorme statue de pierre qui ne pouvait faire de mal à personne. Entre-temps, Ringo s'était éloigné et galopait vers le Nil à travers les palmiers. Rami se mit à courir pour le rejoindre et se retrouva bientôt sur la rive du grand fleuve. Le chien regardait vers la rive opposée, immobile, le nez au vent, les oreilles dressées. L'enfant s'approcha de lui.

– Qu'est-ce que tu veux me dire, Ringo ? Que le directeur est tombé à l'eau ? Qu'il s'est noyé ? Ou qu'il a traversé le Nil ?

Le chien le regarda avec ses yeux dorés puis se remit à fixer le fleuve. Il était immobile, attentif, comme s'il attendait une voix, un appel. Découragé, Rami s'assit au pied d'un palmier, il ne lui restait qu'à attendre la suite des événements.

Il dut s'endormir pendant quelque temps parce que, quand il ouvrit à nouveau les yeux, les rayons du soleil avaient changé de direction et la palmeraie était enveloppée d'une brume dorée. Ringo était couché sur le rivage et grondait sourdement : une barque à voile venait vers eux en coupant le courant en diagonale. Rami courut attraper le chien par son collier et l'entraîna derrière un fourré. La barque côtoya le rivage et vint s'amarrer à une cinquantaine de mètres de l'endroit où ils étaient cachés. Il y avait à bord deux hommes emmitouflés, malgré la chaleur, dans de grands châles bruns. Ils descendirent à terre l'un après l'autre, portant sur leurs épaules des planches de bois. A ce moment, Rami reconnut dans l'un d'eux le rayes Noubar.

– Il vaudrait mieux attendre la nuit, dit l'autre.

Noubar répondit, mais le vent emporta ses paroles. Après avoir abattu et attaché la voile puis dissimulé la barque au milieu des tiges de papyrus, les deux hommes s'éloignèrent avec leurs planches sur le dos, en se retournant souvent comme s'ils craignaient d'être suivis. Dans sa cachette, Rami devait faire des efforts terribles pour empêcher Ringo de s'élancer à leur poursuite. Le chien semblait avoir oublié toute sa bonne éducation, il grognait, montrait les dents et se débattait pour échapper au pauvre garçon qui n'avait pas assez de ses deux bras pour le retenir.

– J'ai compris, dit-il enfin. Ces deux-là ont sûrement quelque chose à voir avec la disparition du directeur. Calme-toi, Ringo, on va les suivre.

Les deux hommes parcoururent exactement le même chemin qu'avait suivi Ringo à l'aller, comme s'ils ne voulaient surtout pas, eux non plus, se faire remarquer par les habitants du village. Il faisait déjà presque nuit quand ils arrivèrent enfin au sommet de la colline. Rami les vit se découper un instant contre le ciel mauve pour disparaître ensuite comme si la terre les avait avalés. Il courut pour ne pas perdre leur trace et, quelques instants après, se retrouva sur le rocher qui surplombait le chantier des fouilles, juste à temps pour les voir s'engouffrer dans une étroite ouverture dans le sol, au même endroit où, deux soirs auparavant, le directeur et Noubar avaient déblayé l'escalier qui conduisait à la tombe d'Hor Hotep. Rami s'étendit sur le ventre et Ringo se coucha près de lui : tous les deux regardaient attentivement l'endroit où avaient disparu les deux hommes, guettant leur retour.

L'attente leur sembla interminable. La lune avait parcouru une grande partie de sa course quand les deux lascars sortirent enfin l'un après l'autre de la tombe, chargés d'objets et de sacs qui paraissaient très lourds. Du haut de son rocher, Rami ne pouvait pas voir distinctement ces objets : il lui sembla – et il ne se trompait pas – que c'était des coffrets, des petites statuettes, des vases qui brillaient faiblement sous les rayons de lune. A ce moment, les deux voleurs placèrent les planches qu'ils avaient apportées avec eux sur l'ouverture de la tombe et les recouvrirent d'une épaisse couche de sable. Puis chacun se chargea d'une part du butin et ils disparurent dans la nuit.

Rami se rappela alors les mots qu'avait prononcés Noubar deux soirs auparavant : « Les enfants du péché sont si nombreux. »

– Mon cher rayes Noubar, s'indigna-t-il presque à haute voix, les enfants du péché sont nombreux et tu es le plus grand de tous !

Le soleil était sur le point de se lever quand Rami et Ringo arrivèrent à la grotte, où ils trouvèrent de la nourriture, de l'eau et même un édredon que Nefissa avait apporté pendant leur absence.

– C'est gentil, murmura Rami, et Ringo approuva en agitant la queue.

L'enfant était décidé à dénoncer Noubar et son complice et à prouver l'innocence de son frère mais, pour cela, il avait besoin encore une fois de l'aide de Nefissa.

La fillette arriva à la grotte le lendemain matin vers les dix heures. Elle avait dû déployer des prodiges d'astuce pour pouvoir subtiliser deux ou trois galettes du panier que sa belle-mère avait pendu au plafond de la maison « afin d'empêcher les souris de voler le pain » : les galettes, depuis deux jours, disparaissaient à vue d'œil. Deux ou trois fois, elle avait lancé à Nefissa des regards inquisiteurs mais celle-ci avait immédiatement assumé l'air d'innocence qu'il fallait pour détourner tout soupçon de sa personne. Enfin sa belle-mère était sortie pour aller traire la bufflesse et la fillette en avait profité pour disparaître.

– Au village, on raconte que ton frère sera transféré au Caire demain. Ils disent qu'il a tué le directeur pour lui voler son argent.

– Mais ce n'est pas vrai ! s'écria Rami.

– Ils disent que, quand ils l'ont arrêté, *abi'* Raafat était en train de compter une pile de billets haute comme ça.

– Le directeur lui avait donné cent livres pour son tapis.

– Cent livres pour un *klim* ? s'étonna Nefissa.

– Oui, c'est beaucoup, Raafat lui-même n'arrivait pas à y croire, répliqua Rami avec fougue. Mais moi, je sais maintenant qui a tué le directeur et je sais aussi pourquoi ! Il faut que tu ailles à la police et que tu racontes tout ce que je vais te dire. D'accord ?

– D'accord.

Ainsi Rami raconta à Nefissa toute l'histoire depuis le commencement, c'est-à-dire depuis le moment où le directeur et Noubar avaient découvert l'escalier qui conduisait à la tombe d'Hor Hotep ; il lui raconta aussi ce qu'il avait vu le soir avant et lui recommanda de bien expliquer à la police que les vrais coupables étaient Noubar et son complice, et que le pauvre Raafat n'y était pour rien. Elle promit solennellement d'accomplir sa mission et, en effet, dès qu'elle fut retournée dans la plaine, elle se rendit tout droit au poste de police.

Le planton de garde baissa les yeux et vit un tout petit bout de fillette qui demandait avec assurance à être reçue par M. l'officier.

– Rentre chez toi, petite, tu n'as rien à faire ici.

– Je dois parler tout de suite à M. l'officier, répéta Nefissa avec entêtement, parce que je sais qui a tué le directeur.

Le planton lui jeta un deuxième coup d'œil et, par acquit de conscience, alla frapper à la porte de l'officier, qui était un jeune lieutenant nommé Amr.

– Il y a une petite fille qui prétend qu'elle sait qui a tué le directeur, dit le planton.

– C'est vrai ! cria Nefissa qui l'avait suivi et s'était faufilée dans la pièce. C'est le rayes Noubar qui l'a tué pour voler les trésors de la tombe.

Le lieutenant Amr, éberlué, toisa cette fillette haute comme trois pommes qui parlait avec tant d'assurance.

– La tombe ? Quelle tombe ? Quels trésors ?

9

– Dans le désert, il y a un trou, dit Nefissa avec énergie. Et de ce trou le rayes Noubar et un autre homme font sortir des choses qui brillent.

Le lieutenant Amr était frappé par l'assurance de la petite.

– Et tu saurais me conduire à ce… ce trou, comme tu l'appelles ?

– Bien sûr !

Rami lui avait expliqué plus ou moins où se trouvait l'entrée de la tombe et elle croyait pouvoir la retrouver facilement.

– Eh bien, allons-y ! décida le lieutenant.

Il fit venir une charrette des sables tirée par deux robustes mulets et y monta en compagnie de Nefissa. Ils étaient escortés par une demi-douzaine de policiers montés sur des chameaux et par deux sous-officiers à cheval. Le cortège traversa le village en provoquant beaucoup d'étonnement. Un voisin courut chez Chalabeia pour lui annoncer qu'on avait arrêté sa sœur, mais la nouvelle était tellement absurde qu'elle n'en crut rien et continua tranquillement à pétrir sa pâte à pain : cette semaine, ses galettes disparaissaient à vue d'œil.

Entre-temps, l'officier, Nefissa et leur suite de chameaux et de chevaux avaient poursuivi leur route vers la colline et, bientôt, ils furent en vue du chantier des fouilles.

– La tombe doit être là-bas, derrière cette cabane, dit la fillette.

Le lieutenant Amr sauta de la voiture et l'aida à descendre. Les policiers mirent pied à terre et tout le monde se dirigea vers l'endroit que la fillette avait indiqué. Mais derrière la cabane – qui servait de dépôt pour les outils des ouvriers –, il n'y avait que de grosses pierres carrées posées les unes sur les autres.

– L'entrée de la tombe ne peut pas être sous ces pierres, dit Nefissa avec hésitation.

Elle se rappelait que Rami lui avait parlé d'une épaisse couche de sable sur des planches en bois.

– Et alors, la pressa le lieutenant, où est-il, ce fameux trou ?

– Je sais qu'il est par ici, affirma-t-elle, désespérée. Il doit être dans le coin. Il est fermé par des planches et on a mis du sable par-dessus.

L'officier ordonna à ses hommes de fouiller le sable avec la pointe de leurs baïonnettes.

– Cherchez là où il n'y a pas de pierres et où c'est bien lisse et compact. Faites le tour du chantier.

Mais, au bout de deux heures, l'entrée de la tombe restait toujours introuvable et le lieutenant Amr donna l'ordre à ses hommes de cesser les recherches.

Nefissa se planta devant l'officier et cria :

– La tombe est ici, quelque part, et elle est pleine de trésors. Le rayes Noubar est venu avec un autre homme et en a déjà emporté plein.

Le lieutenant Amr regarda attentivement la petite fille et hocha la tête. Le ton de sa voix était tellement assuré qu'il aurait convaincu quiconque mais, après toutes ces recherches infructueuses, il devait se rendre à l'évidence : la tombe et ses trésors n'étaient probablement que le fruit de l'imagination trop fertile de la petite.

– Allons-y ! cria l'officier à ses hommes.

Puis il souleva Nefissa à bout de bras et la déposa dans la charrette.

– Viens, je te ramène chez toi.

Quand il fut rentré au poste de police, le lieutenant Amr ordonna qu'on lui amène le rayes Noubar, mais celui-ci ne se présenta qu'à la nuit tombée.

– Tiens, tiens, fit le lieutenant. Où étais-tu, mon brave Noubar ?

– J'étais au Caire, à la recherche d'un nouveau travail. Le pauvre directeur nous a laissés, moi et mes hommes, sans travail et sans argent, que Dieu punisse celui qui l'a tué.

– Comment sais-tu qu'il a été tué, Noubar ?

– Je ne sais rien, moi. Vous l'avez retrouvé ? Il est revenu ?

– Non, il n'est pas revenu, répondit le lieutenant. Maintenant, je veux que tu me racontes ce que vous avez fait au chantier le dernier jour.

Le rayes Noubar écarquilla les yeux et répéta d'un air stupide :

– Le dernier jour ?

– Ne fais pas l'idiot. On m'a dit que ce jour-là le directeur avait fait une importante découverte.

– Mensonge, mensonge. Qui vous a raconté ça ? s'écria Noubar. Je sais que M. le directeur cherchait une tombe, celle d'un certain Imhotep, un homme important. Mais j'ai travaillé avec lui jusqu'au jour de sa disparition et je vous assure que nous n'avons rien trouvé du tout. Ce sont des rumeurs que le coupable fait courir pour essayer de se sauver !

– Le coupable ? reprit le lieutenant. Quel coupable ?

Le rayes Noubar parut soudain décontenancé.

– Mais… mais… ce criminel de Raafat. Vous ne l'avez pas arrêté ?

– Nous avons arrêté Raafat, confirma le lieutenant, mais cela ne veut pas dire qu'il soit l'assassin.

Le rayes Noubar avait l'air beaucoup moins assuré qu'au moment où il était entré.

– B-bien, bien, bégaya-t-il. Est-ce que Votre Excellence a encore besoin de moi ?

– Non, va-t'en, maintenant, ordonna le lieutenant Amr. Mais ne t'éloigne pas de Mit Rehina. J'aurai besoin de te poser encore quelques questions.

– Je suis toujours à votre disposition, répondit le rayes Noubar avec empressement.

Il tourna les talons et sortit à toute vitesse. La petite Nefissa, qui attendait depuis un bon moment devant le poste de police, cachée derrière le tronc d'un ficus, le vit s'éloigner à grandes enjambées et comprit que le *rayes* s'en était tiré. Le lendemain, à midi, elle grimpa vers la grotte où Rami était caché et lui raconta ce qui s'était passé. Il fut très déçu et fut tenté de retourner au village se rendre à la police, mais il pensa que, pour prouver l'innocence de son frère, il fallait qu'il puisse démontrer la culpabilité de Noubar. Il décida donc de rester dans la clandestinité quelque temps encore. Comme d'habitude, Nefissa lui avait apporté du pain et des radis, qu'ils mangèrent en silence. Ringo aussi semblait déprimé et croqua sans enthousiasme un bout de pain sec, puis s'étendit à l'entrée de la grotte, le museau posé sur les pattes de devant et les yeux mi-clos.

– Cette nuit, décida Rami, je retournerai au chantier et j'essayerai de retrouver l'entrée de la tombe.

– Fais attention, répliqua Nefissa, maintenant le rayes Noubar sait que quelqu'un connaît ses crimes et il voudra certainement découvrir de qui il s'agit.

– Il faut quand même que j'essaye de le démasquer. Mais s'il devait m'arriver quelque chose, retourne chez l'officier et donne-lui ça. Peut-être qu'à ce moment il te croira.

Et Rami sortit de la poche de sa *gallabieh* un lourd bracelet jaune parsemé de pierres bleues. Nefissa ouvrit de grands yeux.

– Yaa, comme il est beau ! Tu me le donnes ?

– Tu es folle ? Ce bracelet est en or massif, c'est une des pièces du trésor. Les voleurs ont dû le perdre en chemin par un trou de leur sac, parce que je l'ai trouvé ce matin dans la rigole du champ de Megahed le meunier.

– Tu es retourné au Nil ? s'exclama Nefissa.

– C'est Ringo qui m'y emmène, je t'assure. Dès que le soleil se lève, il commence à me mordiller et à me tirer et il ne me lâche que quand je suis sorti de la grotte. Puis il se met à courir et il ne me reste qu'à le suivre jusqu'au fleuve.

– Peut-être que les assassins ont jeté le pauvre directeur à l'eau…

– Peut-être. Mais moi, je crois que le directeur n'est pas mort du tout et que Ringo me conduit chaque matin sur les rives du Nil pour me faire comprendre quelque chose.

– Quoi ?

– Je n'en sais rien ! répondit Rami avec rage. Si je le savais, je ne resterais pas dans cette grotte à ne rien faire !

S'il y avait quelqu'un qui ne perdait pas son temps et qui savait exactement ce qu'il devait faire, c'était bien le rayes Noubar. Le matin même, bravant les ordres du lieutenant Amr, il se rendit au Caire dans le quartier du Khan Khalil et, après avoir parcouru une ruelle étroite et sombre, il se faufila dans une minuscule boutique où était assis un personnage tellement gros et gras qu'il la remplissait presque entièrement.

– Bonjour, Noubar. Comment vont les affaires ? demanda-t-il.

– Mal, répondit le *rayes* en s'asseyant et en allumant une cigarette. Je ne sais pas quand, ni comment ni par qui, mais le fait est que la police a entendu parler de la tombe !

L'autre homme sursauta en faisant trembler sa masse gélatineuse.

– Ils l'ont trouvée ? hurla-t-il.

– Chut, garde tes nerfs ! Ils ne l'ont pas trouvée, non.

Mais la police me surveille et c'est un miracle que j'aie pu venir au Caire.

– Mon cher Noubar, tu es en train de commettre des fautes, dit le gros homme. Je ne donnerais pas cher de ta peau si le trésor devait tomber entre les mains de la police.

– Aucun danger, ricana Noubar. Mais je voudrais bien savoir qui est le traître qui a parlé ! Personne, et je dis bien personne, ne sait rien de cette tombe sauf le directeur, toi, Mortada et moi-même. Mortada n'a certainement pas parlé. Et le directeur non plus, naturellement !

– Alors ça doit être toi, répliqua le gros homme d'un air méchant.

– Je n'ai pas envie de plaisanter, rugit Noubar. Il y a un traître parmi nous et je dois découvrir qui c'est.

– Il n'y a pas de traître parmi nous, affirma l'autre placidement. Tu as dû commettre des imprudences. Tes ouvriers ne sont ni sourds ni aveugles et ils ont dû flairer quelque chose.

– Cesse de dire des bêtises. Et fais bien attention : si jamais quelqu'un parle, nous finirons tous mal, très mal. Et je dis bien tous !

– Tu n'as qu'à ouvrir tes yeux et tes oreilles, reprit le gros homme sans se troubler. Et surtout évite de venir ici, puisque la police t'a dans le collimateur. Monsieur H. ne sera pas content quand il apprendra que tu as fait des erreurs !

Le rayes Noubar devint livide.

– Monsieur H. ? Qu'est-ce qu'il t'a dit ?

– Il dit qu'il est intéressé par le trésor d'Hor Hotep, et qu'il payera comptant. Mais il n'a pas de temps à perdre :

essaye donc de vider la tombe le plus vite possible et de ne pas te faire prendre. Tu sais quel est le sort qui t'attend, si tu rates ton coup.

A ce moment, une ombre parut sur le seuil de la petite boutique.

– Vous êtes là à bavarder comme des femmelettes tandis que moi, dans mon hôtel, j'attends de voir le résultat de vos belles promesses ! fit une voix.

Noubar se leva en tremblant comme une feuille.

10

L'ombre franchit le seuil de la boutique. Le gros homme sembla se ratatiner et sa figure devint grise.

– Quel honneur de vous voir dans ma modeste boutique, dit-il d'une voix chevrotante.

Monsieur H. était un mystérieux étranger, dont personne ne connaissait ni les origines ni la nationalité. Il portait toujours d'énormes lunettes noires qui lui couvraient la moitié du visage. Le soleil égyptien, prétendait-il, lui faisait mal aux yeux. Il parlait cinq ou six langues, possédait quatre ou cinq passeports et apparaissait souvent, à l'improviste, pour acheter rubis sur l'ongle toute pièce pharaonique offerte sur le marché. Mais, quand les pièces manquaient, il n'hésitait pas à charger des complices de lui en procurer par n'importe quel moyen. Il ne reculait ni devant le vol ni devant l'assassinat. Et il n'hésitait pas à se débarrasser définitivement de tout individu qui connaissait ses secrets mais dont il n'était plus satisfait. La terreur qu'il inspirait à ses hommes était telle que personne n'avait jamais essayé de se libérer de son emprise.

– Je… je suis prêt, Monsieur H., bégaya Noubar. Dès que la nuit sera tombée, je retournerai à Mit Rehina.

– Tu perds beaucoup de temps en allant et venant à vide, soupira Monsieur H. d'un air navré, et je commence vraiment à me fatiguer.

– Un peu de patience, Monsieur H., intervint le gros homme. Ça vaut la peine d'attendre un tout petit peu, la tombe est pleine de trésors et Noubar ne peut pas la vider en un jour.

– Il y a déjà dans notre cachette trois caisses pleines de merveilles, annonça ce dernier avec fierté, et le travail est presque terminé.

Les dents de Monsieur H. brillèrent entre ses lèvres.

– Deux ou trois caisses ! Mm…

Encouragé, Noubar sourit.

– Si je pouvais avoir un petit acompte…

– Pas un sou tant que tu n'auras pas livré la marchandise. Tu sais quelles sont mes conditions, et je te prie de ne jamais les oublier.

Tout à coup la voix de Monsieur H. était devenue coupante et Noubar en eut froid dans le dos.

– C'est entendu, dit-il, maussade. C'est entendu !

Cette nuit-là, des nuages légers cachèrent la pleine lune et Rami décida que le moment était venu d'essayer de retrouver, avec l'aide de Ringo, l'accès de la tombe d'Hor Hotep : c'était le seul moyen de convaincre la police de l'innocence de son frère. Ainsi l'enfant et le chien sortirent de la grotte et se glissèrent silencieusement le long des pentes sablonneuses et des couloirs creusés entre les rochers jusqu'à la petite vallée où se trouvait le chantier des fouilles. Puis zigzaguant entre les fosses ouvertes et les tas de sable abandonnés, ils parvinrent là où, trois nuits plus tôt, le directeur avait découvert le linteau de pierre au nom d'Hor Hotep. A cet endroit, le sable semblait intact, mais Rami remarqua qu'il avait été lissé avec un balai. « Pas bêtes, les voleurs », se dit-il.

Entre-temps Ringo, qui depuis quelques instants était en train de renifler avec attention par-ci par-là, s'était mis à creuser frénétiquement en un point précis. Rami s'approcha et s'aperçut que, alors que le chien creusait, le sable s'écoulait comme l'eau d'une baignoire à travers une fissure dans le sol. Bientôt il vit apparaître une sorte de poignée en fer, la saisit et tira. Une planche en bois se souleva et révéla un escalier étroit et raide qui descendait dans les entrailles de la terre.

– Tu es formidable, Ringo, murmura-t-il en se laissant glisser sur la première marche. Je crois que tu as retrouvé la tombe d'Hor Hotep.

A l'intérieur, l'obscurité était totale. Rami, légèrement impressionné, alluma une des chandelles que Nefissa lui avait apportées le premier jour et commença à descendre, suivi du chien. Au bas de l'escalier, il y avait une ouverture rectangulaire formée de trois énormes pierres, une sorte de portail surmonté de signes incompréhensibles. L'enfant le franchit et regarda autour de lui.

Il se trouvait dans une salle dont les parois, creusées dans le roc, étaient recouvertes jusqu'au plafond de merveilleuses peintures aux couleurs vives. On voyait des paysans en train de labourer leurs champs, d'autres qui cueillaient des grappes de raisin, d'autres encore qui poussaient du bout de leur canne des bœufs aux longues cornes. L'enfant en oublia sa peur et admira à la lumière tremblante de la chandelle ces tableaux qui lui rappelaient vaguement le tapis que son frère avait confectionné pour le directeur. Au fond de la salle, entre deux colonnes énormes, il découvrit une autre porte haute et étroite, surmontée par un faucon aux ailes ouvertes. Pendant ce temps, Ringo reniflait des traces de pas sur le sable. Rami baissa la chandelle et vit deux genres d'empreintes : celles de gros pieds nus et d'autres faites par ces pantoufles souples qu'on appelle *bolgha*.

– Noubar et son complice, murmura-t-il.

Il suivit ces traces qui le conduisirent dans la deuxième salle, releva la chandelle et poussa un cri d'admiration : autour de lui resplendissaient des parois en or massif ainsi que des sièges et des caisses recouverts de lamelles dorées. Au centre de la salle trônait un sarcophage en albâtre, sur lequel était couché un grand faucon doré dont les yeux d'agate semblaient suivre les mouvements des intrus qui venaient troubler son repos millénaire. C'est à ce moment seulement que Rami se souvint qu'il était dans une tombe et un frisson d'épouvante courut le long de son dos. Comme s'il avait compris, Ringo s'approcha de lui en agitant la queue. Le garçon se sentit rassuré par la présence du chien qui, pour sa part, ne semblait aucunement troublé par cette ambiance si particulière. Mais son calme ne dura pas longtemps. Il entendit sans doute un bruit car, tout à coup, il dressa les oreilles, se tourna vers la porte et commença à gronder sourdement, en montrant les dents.

– Qu'est-ce qu'il y a ? murmura Rami.

Le chien allait s'élancer, mais il le retint par le collier et éteignit la chandelle. A tâtons, tirant de toutes ses forces le chien récalcitrant, il alla se cacher derrière le sarcophage, tandis que son cœur battait la chamade. A ce moment, il entendit distinctement la voix de Noubar :

– Mortada, on a ouvert la trappe !

– Attention, *ya rayes*, c'est peut-être un traquenard ! chuchota le dénommé Mortada. Je pense qu'il vaudrait mieux filer !

– Tu es fou ! Tu veux laisser ces trésors qui valent des milliers de livres ? Et surtout tu veux que Monsieur H. nous fasse supprimer ?

En disant cela, Noubar se laissa glisser à l'intérieur de la tombe et son complice le suivit. Ils allumèrent une lampe à pétrole et, immédiatement, virent les traces que Rami et Ringo avaient laissées sur le sable. Ils se baissèrent pour les examiner tandis que, derrière le sarcophage, Rami serrait le museau de Ringo pour l'empêcher de grogner.

– Tiens ! dit Noubar. Des empreintes d'animal.

– C'est sûrement un loup, répondit l'autre.

– Ne radote pas, comment veux-tu qu'un loup ouvre une trappe ? Regarde, voilà des traces de pieds qui ne sont pas les nôtres !

– Hi ! hi ! ricana le dénommé Mortada. Ce sont de petits pieds, des pieds de femme !

– Tu es vraiment borné ! répliqua Noubar. Que viendrait faire une femme dans cette tombe ? Non ! C'est sûrement ce morveux qui a disparu depuis qu'on a arrêté son frère. Et les autres traces sont celles du chien du directeur. Ils sont tout le temps ensemble, ces deux-là.

– Je ne comprends rien. Quel garçon ? Quel chien ? Et qui est le frère de qui ?

– Le garçon, c'est le petit Rami, et le frère, c'est Raafat le tisserand, celui qu'on a arrêté à ma place, expliqua Noubar. Je dois absolument retrouver ce mioche, c'est sûrement lui qui a parlé de la tombe à la police !

– Comment veux-tu qu'il ait parlé à la police, demanda son complice, puisque tu dis qu'il a disparu ?

– Tiens, on dirait que parfois tu raisonnes. C'est vrai, il n'a pas pu parler à la police. Mais alors, qui a parlé ?

– C'est peut-être l'esprit du pharaon, pleurnicha Mortada. On ferait mieux de s'en aller !

– Pas avant d'avoir rempli nos sacs, répondit Noubar.

Rami comprit, terrorisé, que les deux hommes allaient entrer dans la salle du sarcophage. Ringo commençait à s'agiter furieusement pour se libérer. Tout à coup, il lui échappa et s'élança d'un bond vers Noubar qui était en train de franchir la porte. Le *rayes* mit un temps à réaliser ce qui se passait, puis fit voltiger un gros gourdin et le lança contre le chien. Celui-ci fut frappé de plein fouet. Il poussa un glapissement plaintif et s'écroula sur le sable, où il resta immobile.

– Si le chien est là, le morveux ne doit pas être loin, grommela Noubar. Sors, mon petit, sors… Nous ne te voulons pas de mal, ajouta-t-il d'une voix doucereuse. Allons, ne me fais pas perdre du temps inutilement.

En disant cela, il commença à tourner autour du sarcophage tandis que Rami tournait du côté opposé. Mais Mortada était là qui l'attendait et qui lui donna un grand coup de bâton sur la tête. A son tour, l'enfant tomba évanoui sur le sable, à côté de Ringo.

11

– Et maintenant, qu'allons-nous faire ? demanda Mortada quand ils eurent fini de remplir leurs sacs d'objets en or et en albâtre. La tombe est tout à fait vide… nous ne pouvons pas emporter les parois ! J'ai idée qu'il faudrait la refermer définitivement et y laisser nos deux prisonniers, ainsi personne ne les retrouverait jamais.

– Tu raisonnes comme une courge, répondit le rayes Noubar. En premier lieu, il n'est pas dit qu'on ne puisse pas emporter les parois de la tombe, si on les découpe convenablement. En deuxième lieu, le garçon est seulement évanoui et je ne me débarrasserai de lui que quand il m'aura dit qui est le fils de mécréant qui a parlé de moi à la police. Il sait sûrement quelque chose d'autre, puisque nous l'avons trouvé ici, dans cette tombe… dont personne d'autre que nous ne devrait connaître l'existence.

– Et le chien ?

– Le chien ? Il ne faut pas le laisser ici, il rendrait l'air irrespirable.

– Tu penses à tout ! dit l'autre, admiratif.

– Tu l'as dit. Pour faire le métier que je fais, il faut du cerveau.

Noubar prit Ringo par les pattes de derrière et le traîna à l'extérieur, tandis que son complice hissait Rami sur son dos. Le *rayes* fit rouler Ringo au fond d'une excavation, puis retourna vers l'entrée de la tombe et la referma avec soin, en couvrant comme d'habitude les planches d'une épaisse couche de sable, qu'il lissa avec un petit balai. Il saisit les sacs, les jeta sur son épaule et les deux hommes descendirent vers le Nil, l'un transportant Rami évanoui et l'autre les trésors volés d'Hor Hotep.

Un soleil tout voilé de vapeurs roses avait paru depuis peu dans le ciel de Mit Rehina quand Nefissa, qui n'avait pas réussi à fermer l'œil de la nuit à cause d'un mauvais pressentiment, se mit en chemin vers la grotte secrète de Rami, avec un baluchon où elle avait mis du pain frais et du fromage de chèvre. Elle courut pendant toute la montée et arriva en haut tout essoufflée. La grotte était déserte et il n'y avait aucune trace ni de Rami ni de Ringo. La fillette tourna longtemps dans les environs, en espérant apercevoir ses amis. Elle n'osait pas les appeler à haute voix de peur d'attirer l'attention. Mais le désert était vraiment désert en cette matinée radieuse et Nefissa se résigna à rebrousser chemin. Elle savait que le moment était venu de faire ce que Rami lui avait dit.

Une fois arrivée à la maison, la fillette sortit de sa cachette le lourd bracelet d'or qu'il lui avait confié, l'enveloppa dans un bout d'étoffe et courut au poste de police où elle demanda à voir le lieutenant Amr. Celui-ci passait juste à ce moment dans la cour du poste.

– Qu'est-ce qu'il y a encore ? demanda-t-il sans aménité.

– Je dois vous montrer quelque chose, dit Nefissa.

L'officier la fit passer dans son bureau et elle posa le bracelet sur sa table. Le lieutenant Amr le prit, le soupesa, et un certain étonnement se lut sur son visage.

– Ce bracelet fait partie du trésor, expliqua la fillette avec assurance.

– Où l'as-tu trouvé ?

– D… dans la rigole du champ de Megahed le meunier, répondit-elle.

Le lieutenant Amr réfléchit un instant puis se leva.

– Viens, allons voir le chef.

Dans le bureau du *maamour* il y avait un étrange appareil pendu au plafond, qu'un soldat faisait tourner en manipulant des cordelettes et qui produisait un petit air frais très agréable. C'était la première fois que Nefissa voyait un ventilateur à bras et elle l'examina attentivement, pendant que le *maamour* et Amr parlaient à voix basse en étudiant le bracelet sous tous ses angles.

– Où l'as-tu trouvé, petite fille ? demanda enfin le *maamour*.

– Dans la rigole du champ de Megahed le meunier, répéta Nefissa. Il est tombé d'un sac.

– Quel sac ?

– Un sac qui était sur le dos d'un homme.

– Et qui était cet homme ? demanda encore le *maamour* d'un ton patient.

– Je ne sais pas. Ils étaient deux, mais je ne les connais pas.

– Et d'où venaient-ils ?

– Ils venaient de la colline.

– Et où allaient-ils ?

– Ils allaient vers le Nil.

Le lieutenant Amr demanda à Nefissa de décrire les deux hommes. Elle se lança dans une description détaillée du rayes Noubar, tel qu'elle l'avait vu à sa sortie du poste de police, deux jours avant : taille gigantesque, visage barré par une énorme moustache, peau couleur brique recuite par le soleil, *gallabieh* et turban immaculés, elle n'omit aucun détail. Quant à l'autre homme, elle s'excusa de ne pouvoir le décrire : les deux inconnus marchaient l'un derrière l'autre et le premier cachait le deuxième.

Le *maamour* échangea un regard avec le lieutenant Amr, hocha la tête d'un air préoccupé, puis il se leva et plaça le bracelet dans un gros coffre-fort qu'il referma avec de multiples tours de clé.

– Je crois que, cette fois, il faudra faire intervenir ceux du Caire, dit-il à Amr. Entre-temps arrête ce Noubar et interroge-le de nouveau.

Le *maamour* s'aperçut que la fillette souriait et la questionna :

– Tu le connais, toi, le rayes Noubar ?

– Le *rayes*. Le *rayes* qui ? demanda Nefissa en assumant l'air le plus bête qu'elle put. Non… je ne le connais pas.

– Bon, maintenant rentre chez toi, ma petite, et n'en sors pas avant que nous ayons trouvé les deux hommes qui transportaient ce fameux sac vers le Nil.

– D'accord, dit-elle.

Elle retourna à la maison et, le lendemain matin, elle sortit à l'aube, coupa par la palmeraie derrière le village et se dirigea encore une fois vers le désert avec son baluchon de pain et de fromage. Mais la grotte était exactement comme elle l'avait laissée le jour d'avant, déserte et silencieuse. Le cœur battant d'inquiétude, Nefissa s'assit à l'ombre d'un rocher et se mit à pleurer. Mais, bientôt, la courageuse petite fille sécha ses larmes et décida de se rendre au chantier. Peut-être Rami était-il là-bas, à la recherche de l'entrée de la tombe ?

Dans le grand soleil de midi, le chantier aussi était désert. Nefissa vit sur le sable de nombreuses traces de pas, elle vit aussi les empreintes des pattes de Ringo qui dans un certain endroit disparaissaient tout à coup comme si le chien s'était mis à voler. La gorge serrée par l'angoisse, elle oublia toute prudence et appela :

– Rami… ! Ringo… ! Ringo… ! Rami… !

Mais personne ne lui répondit, elle n'entendait que le bruit léger du vent sur le sable et le cri des corbeaux dans le ciel.

A cet instant même, Ringo courait sur trois pattes vers le Nil. Il évitait de s'appuyer sur la quatrième parce que le bâton de Noubar, après avoir atteint sa tête, lui avait contusionné un muscle et la douleur était encore assez forte. Le chien avait péniblement repris ses esprits à l'aube, et tout de suite son odorat lui avait appris que les deux hommes étaient partis en emportant Rami avec eux. La piste conduisait vers le fleuve, et il avait commencé à la suivre en titubant. Petit à petit, il avait retrouvé une partie de ses forces, et son allure était devenue plus rapide.

Quand il arriva dans la grande palmeraie qui entourait la statue colossale de Ramsès II, Ringo se mit à courir parce que l'odeur devenait toujours plus fraîche et distincte. Il était impatient de retrouver Rami et de sauter à la gorge de l'odieux Noubar. Mais la piste finissait brusquement sur la rive du fleuve, devant une petite anse touffue de végétation aquatique. Le chien leva le museau et flaira le vent, mais il ne perçut que des senteurs d'eau, de plantes et d'oiseaux. Au loin, on voyait une voile, mais Ringo n'était jamais monté sur une barque et, ne sachant pas ce que c'était, il ne lui accorda pas d'importance. Dans son cerveau, une idée élémentaire était en train de se former. Quelques jours avant, dans ce même endroit, l'odeur de son maître avait disparu tout à coup. Maintenant la piste de Rami et des hommes qui l'accompagnaient – dont l'odeur se mêlait aussi à celle du directeur – disparaissait au même endroit, juste là au bord du fleuve. Ringo en conclut que son maître, Rami et les deux hommes étaient entrés dans l'eau. Il commença à aller et venir en gémissant et en reniflant le rivage boueux. Son instinct lui disait de rester sur la terre ferme, mais le désir de rejoindre ses amis devenait toujours plus fort. Si le directeur et Rami étaient entrés dans le fleuve, pour les rejoindre il fallait qu'il se jette à l'eau à son tour. Que faire ? Après un dernier jappement et un dernier regard vers la rive qu'il quittait pour un élément inconnu et probablement dangereux, Ringo sauta dans le Nil.

12

Tout de suite, Ringo s'aperçut que l'eau, au lieu de le submerger, le soutenait et semblait presque l'accompagner tout doucement vers l'autre rive. Comme tous les chiens, Ringo savait nager instinctivement et, dès qu'il s'en aperçut, il se sentit rassuré, au point qu'il en oublia sa patte blessée. En cet endroit, le Nil était très large, il ressemblait plus à un lac qu'à un fleuve, et la traversée fut longue et pénible. Vers dix heures du matin, le chien réussit enfin à atteindre l'autre rive. Il était épuisé et, pendant un bon quart d'heure, il essaya de reprendre des forces, étendu à l'ombre d'un arbre. Enfin, il se leva, secoua énergiquement l'eau qui imbibait ses poils et recommença à flairer le sol à la recherche de la piste de Rami et de ses ravisseurs.

A cet endroit, la rive droite du Nil était parcourue par une route blanche et poussiéreuse qui du Caire conduisait à l'élégante ville thermale de Hélouan-les-Bains. La route était parcourue par de nombreuses voitures à chevaux et même par quelques-uns de ces nouveaux engins

pétaradants et malodorants
qu'on appelait automobiles ; elle
était bordée par une interminable
double rangée de flamboyants fleuris.
Pour Ringo, à ce moment, l'univers était
un confus mélange de senteurs inconnues.
L'odeur douceâtre de ces arbres qu'il ne
connaissait pas et celle, légèrement sulfureuse, du sol,
étaient pour lui des nouveautés extraordinaires qu'en
d'autres circonstances il aurait examinées avec soin.
Mais, à ce moment, il n'avait qu'un seul but : retrouver au
plus vite la trace de ses amis. Ainsi il ne se laissa pas dis-
traire et continua à courir le long du rivage, en reniflant
consciencieusement chaque pouce du terrain. Enfin,
après avoir parcouru un bon bout de chemin, il vit un

petit quai où était attachée une barque à voile et, presque immédiatement, un coup de vent porta à ses narines l'odeur de Rami. Ringo sauta dans la barque : le bois était imprégné de l'odeur de son ami et des deux hommes méchants. Beaucoup plus faible, parce que plus ancienne, le chien reconnut aussi l'odeur du directeur. Dans sa joie, il se mit à agiter frénétiquement la queue, puis s'élança sur la piste qui se détachait du rivage, traversait la route blanche et coupait droit à travers les champs, vers le désert et les falaises dorées du plateau du Mokattam.

Rami ouvrit les yeux et regarda autour de lui : de tous les côtés il était entouré de parois creusées dans le roc. Un instant, il se crut dans sa grotte à Sakkara, et tourna la tête pour chercher Ringo. Mais en faisant ce mouvement, il éprouva une forte douleur au cou et, immédiatement, il se rappela la tombe d'Hor Hotep et ses trésors, l'effrayante apparition du rayes Noubar et de son complice Mortada… ainsi que le coup qu'il avait reçu sur la tête. Après cela, il s'était sûrement évanoui parce qu'il ne se souvenait de rien. Comment était-il arrivé dans cette grotte ? Et, surtout, pourquoi l'y avait-on transporté ? Rami essaya de se lever, mais il s'aperçut qu'il avait les mains et les pieds liés : il pouvait à peine bouger en roulant sur lui-même. Il commença à se déplacer de cette manière vers une lueur qu'il apercevait à l'autre bout de la grotte, mais il heurta une caisse sur laquelle se trouvait une grosse jarre. La jarre vacilla, puis se brisa sur le sol avec un bruit infernal qui se répercuta contre les parois rocheuses. Quelques instants après parut le rayes

Noubar, avec une grimace qui tenait lieu de sourire sur sa figure mauvaise.

– Tu t'es enfin réveillé ? Maintenant on va causer, toi et moi.

– Je n'ai rien à dire, moi, bégaya Rami.

Il avait la migraine et des flammèches rouges dansaient devant ses yeux.

– Je ne sais rien !

– Tu es un menteur. Qui t'a parlé de la tombe d'Hor Hotep, qui t'a montré où elle était ?

Avant de répondre, le garçon réfléchit rapidement : « Si Noubar m'a transporté ici pour m'interroger, dès que j'aurai répondu, il n'aura plus besoin de moi et il me tuera probablement. Il vaut mieux que je joue serré. »

Immédiatement, son visage prit une expression idiote, tandis que Noubar lui donnait un coup de pied.

– Alors, tu vas répondre, oui ou non ?

– Je ne comprends pas, pleurnicha Rami. Je ne comprends pas ce que tu me veux !

– Comment se fait-il que je t'aie trouvé dans la tombe ? hurla Noubar.

– Tu m'as trouvé dans une tombe ? cria l'enfant avec une expression horrifiée. Ce n'est pas possible. Je vis au village, moi, avec mon frère Raafat.

Noubar lui donna une taloche.

– Je t'apprendrai à me raconter des bobards. Tu crois pouvoir te moquer de moi ? Réponds ou je te tue !

A ce moment, une voix faible s'éleva du fond de la grotte :

– Laisse-le, Noubar, tu ne vois pas que le petit a perdu la mémoire ?

Étonné et heureux, Rami reconnut la voix du directeur.

– Mon Dieu, il y a des fantômes, ici ! gémit-il, en essayant de comprendre d'où venait la voix familière.

Dans la pénombre à quelques dizaines de mètres de l'endroit où il se trouvait, il entrevit une sorte de gros paquet étendu sur le sol.

– Il faut qu'il guérisse, cria le directeur, qu'il retrouve la mémoire et alors il te dira tout ce que tu veux savoir.

« Qu'Allah te protège et te donne la victoire sur tes ennemis », pensa Rami. Puis, feignant la terreur, il murmura :

– Qui parle dans le noir ? Je te dis que, dans cette grotte, il y a des démons !

– C'est ton ami, le directeur des fouilles, ricana Noubar. Tu ne reconnais pas sa voix ?

– Quel directeur, quelles fouilles ? gémit Rami. Oh, ma tête va éclater !

Noubar sortit en lançant un gros mot. L'enfant écouta le bruit de ses pas qui s'éloignaient dans les méandres de la grotte, puis souffla :

– Monsieur le directeur… Monsieur le directeur !

La voix de l'archéologue résonna à nouveau dans l'obscurité :

– Comment vas-tu, Rami ? Tu es blessé ?

– Je ne suis pas blessé, mais on m'a attaché comme un chameau ! répondit-il en essayant en vain de se délivrer des cordes qui liaient ses poignets. Heureusement que vous êtes vivant, monsieur. Au village, on a cru qu'on vous avait tué.

– Noubar l'aurait fait, peut-être, mais il a encore besoin de moi, il veut que je lui indique la valeur de chaque objet

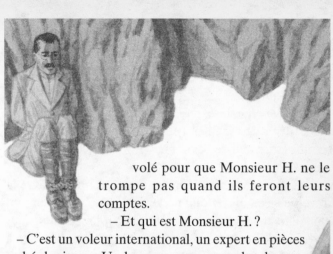

volé pour que Monsieur H. ne le trompe pas quand ils feront leurs comptes.

– Et qui est Monsieur H. ?

– C'est un voleur international, un expert en pièces archéologiques. Un homme sans scrupules, beaucoup plus dangereux que Noubar.

– Je vous crois. Mais pourquoi Noubar ne m'a pas tué, moi ? Il aurait pu me laisser dans la tombe et la refermer. Personne ne m'aurait jamais retrouvé !

– D'après ce que j'ai compris, il veut savoir à qui tu as parlé de la tombe que j'avais découverte. Je dois te dire que, moi aussi, j'aimerais savoir comment tu as fait pour la retrouver et ce que tu faisais là-dedans.

– C'est Ringo qui m'a aidé, chuchota Rami.

Tout en parlant, il se rapprochait du directeur en roulant sur lui-même.

– C'est Ringo qui m'a conduit à la tombe… nous vous cherchions.

– Pauvre Ringo ! soupira le directeur. Qui sait où il est, maintenant !

Rami était certain que le chien était mort, mais il ne voulait pas donner cette mauvaise nouvelle au directeur.

– Oui, qui sait… ?

– De toute manière, reprit l'archéologue, il ne pourrait pas nous aider… Si ce que je pense est exact, nous sommes trop loin de Sakkara.

A ce moment précis, Ringo était en train de suivre la trace de ses amis le long de la pente du Mokattam, un haut plateau qui domine la vallée du Nil sur une longueur de trente kilomètres, de Héloûan au Caire. Son nez à l'odorat très fin lui avait appris beaucoup de choses : que Rami, après avoir traversé le Nil, était monté dans une voiture traînée par des mulets et était arrivé près d'un grand jardin public où il y avait des lacs, des ponts, des statues rouges et aussi de drôles de constructions hautes et légères : c'étaient les pagodes du jardin japonais, mais Ringo n'en savait rien. De là, la piste continuait vers la montagne, mêlée à une très forte odeur de chameau ; elle grimpait sur la colline, passait devant l'observatoire, puis tournait résolument vers le nord, le long d'une impressionnante falaise rocheuse, coupée par le lit sec d'un *ouadi**. Et, tout à coup, elle tournait à gauche, comme si elle avait voulu se jeter dans le vide mais, en fait, elle pénétrait dans le sol par une fente étroite, dissimulée par de gros rochers éboulés. A cet endroit, l'odeur de Rami se séparait de celle du chameau et continuait son chemin dans un étroit couloir souterrain en compagnie des odeurs de Noubar et de son complice Mortada.

Maintenant, Ringo flairait attentivement le vent parce qu'il se trouvait devant un endroit inconnu et peu rassurant, et voulait être sûr que Rami et le directeur s'y trouvaient encore. La trace des deux criminels en cet endroit était très forte et le poil du chien se hérissa : cette odeur réveillait en lui une rage qu'il n'avait jamais éprouvée auparavant. En entrant dans le couloir, son pas se fit lent et silencieux comme celui d'un loup ; son instinct lui disait de ne pas faire de bruit, pour ne pas attirer l'attention de ses ennemis.

Le couloir était en fait un étroit boyau où des marches avaient été taillées dans la roche par la main de l'homme, qui sait quand et comment. Les marches, les parois, le plafond étaient en pierre calcaire, comme le reste de la montagne. En s'y engouffrant, le vent gémissait comme une âme en peine. La lumière du soleil, réfléchie d'une paroi à l'autre, illuminait faiblement un couloir qui partait de l'escalier et s'enfonçait dans les entrailles de la montagne, pour ensuite se diviser en deux. La piste de Rami et celle du directeur allaient vers la gauche, tandis que celle des deux hommes était partout, comme les fils d'une pelote emmêlée. Aussi silencieux qu'une ombre, Ringo pénétra dans le couloir qui allait le conduire à la prison de ses amis.

13

Le directeur fut réveillé par une truffe froide pressée contre sa joue comme pour lui dire : « Allons, bouge, il est temps d'agir ! »

Tout d'abord, il n'en crut pas ses yeux, comment Ringo avait-il pu les retrouver ? Il appela Rami à voix basse mais le chien était déjà auprès du jeune garçon et mordillait le bas de sa manche. Rami se réveilla en sursaut et sa joie fut telle qu'il poussa un cri :

– Ringo !

– Chut, tais-toi ! dit le directeur. Si Noubar s'aperçoit de sa présence, il le tuera immédiatement.

– Il faut essayer de s'évader ! Si Ringo a pu entrer ici sans que Noubar et Mortada le voient, peut-être que nous pourrions sortir sans les alerter.

– Tu as raison, la grotte est certainement assez étendue et ces deux-là doivent être dans une autre salle, probablement celle où ils cachent le trésor.

– Il faut d'abord dénouer ces nœuds, décida Rami, pratique. Liés comme nous le sommes, nous n'irons nulle part.

– Tu es jeune et tu as des dents solides, approche-toi de moi et essaye de dénouer la corde qui me serre les poignets.

Rami se laissa rouler de côté jusqu'à ce qu'il parvienne à la hauteur des mains du directeur, puis il prit entre ses dents un bout de corde. Le nœud était serré et dur mais, au bout de quelque temps, il sentit qu'il cédait et, en une vingtaine de minutes, le directeur eut les mains libres. Dès qu'ils furent débarrassés de leurs liens et que le sang recommença à circuler dans leurs membres gourds, ils se dirigèrent sur la pointe des pieds vers le fond de la grotte, d'où provenait une faible lueur.

A cet endroit, la caverne tournait presque à angle droit et se transformait en un couloir faiblement éclairé par le reflet du soleil couchant.

– La nuit va tomber bientôt, il vaut mieux que nous attendions l'obscurité, dit le directeur.

Au même instant, le chien dressa les oreilles et montra les dents en un rictus silencieux.

– Attention, chuchota son maître en le retenant par le collier. Ringo a entendu quelque chose.

Ils se collèrent à la roche, le cœur battant, comme pour essayer de disparaître dans ses anfractuosités. Ils entendaient distinctement des voix qui s'approchaient, et qui résonnaient Dieu sait où dans les entrailles de la montagne :

– Monsieur H. veut que, ce soir au plus tard, tu lui apportes à l'hôtel tous les objets en or, disait la voix rauque de Mortada.

– Ça va, ça va, j'ai compris, je lui apporterai quelque chose. Il est trop pressé, ce type, il essaye sûrement de me rouler, répondit Noubar.

– N'essaye pas de faire le malin
avec lui, ou nous nous retrouverons tous
les deux au fond du Nil.

Après cela les voix s'éloignèrent puis devinrent
indistinctes.

– C'est exactement ce que je pensais, chuchota le
directeur. La grotte comporte plusieurs salles : dans

l'une, Noubar a caché le trésor et, dans l'autre, il met ses prisonniers.

Il fit signe à Rami de le suivre, puis ils se détachèrent de la paroi et reprirent sans bruit leur chemin vers la sortie ou, du moins, vers l'endroit où ils croyaient la trouver. Ils parcoururent une cinquantaine de mètres et débouchèrent enfin dans une vaste salle rectangulaire, ouverte sur la plaine et brillamment illuminée par le soleil couchant. Elle semblait littéralement suspendue au-dessus de l'immense vallée.

Rami s'approcha prudemment du précipice, et constata que seul un oiseau aurait pu s'échapper par là : la paroi tombait à pic dans le désert, et la vue qu'on avait de là-haut donnait le vertige.

– Monsieur le directeur, personne ne peut passer par ici. C'est une falaise à pic.

Le directeur s'approcha à son tour et vit que la grotte s'ouvrait comme une immense fenêtre à une cinquantaine de mètres au-dessus de la vallée, au beau milieu d'une paroi de roche tout à fait lisse où aucun être humain et encore moins un chien n'aurait pu s'agripper. La vue portait sur des kilomètres et des kilomètres de désert qui, d'un coup, se transformaient en une plaine verte et luxuriante, coupée par le ruban étincelant du Nil. Au-delà, il reconnut la silhouette des collines de Sakkara et de la pyramide du roi Zoser.

– Monsieur le directeur, où sommes-nous ? demanda Rami. Comment allons-nous faire pour retrouver dans le noir notre chemin jusqu'à Mit Rehina ?

– Mit Rehina est loin, je me contenterais d'atteindre Hélouan et d'avertir la police !

– Hélouan ! Nous sommes de l'autre côté du Nil ?

– D'après la lumière du soleil, je pense que nous sommes dans une grotte du Mokattam, tournée vers l'ouest, une des carrières de pierre que les anciens Égyptiens exploitaient pour bâtir leurs monuments sur l'autre rive.

– C'est incroyable ! Comment Ringo a-t-il pu nous rejoindre ?

– Ringo est un chien-loup, avec un flair très développé. En Europe et en Amérique, on commence à les employer dans la police, pour retrouver les personnes disparues et les criminels.

– Vous ne vous souvenez pas par où ils vous ont fait passer, monsieur le directeur ? demanda Rami, découragé.

– Pas du tout. Quand j'ai été assailli, ce Mortada – je pense que c'est lui – m'a fait respirer un chiffon imbibé de chloroforme et je me suis réveillé là où tu m'as trouvé. Mais je me souviens vaguement d'un espace ouvert, d'un vent très fort qui me faisait balancer comme si j'étais suspendu dans le vide.

Il s'arrêta, regarda le chien et reprit :

– Et pourtant, Ringo est arrivé jusqu'à nous, donc il existe un passage.

– Laissons-le faire alors, proposa Rami.

– Tu as raison.

Le directeur caressa la tête du chien.

– Va, Ringo… Va…

Le chien tourna vers lui ses yeux intelligents et agita la queue. Il commença à trotter sans hâte tout au long d'une paroi, puis disparut comme s'il avait été englouti par la montagne.

– Voici par où il est passé, dit son maître en indiquant un trou à peine visible.

Rami fit une grimace.

– Ici, il y a peut-être de la place pour Ringo, mais je ne crois pas que nous pourrions passer, nous.

– N'oublie pas que, pour nous retrouver, il a suivi ta trace. Donc tu as déjà dû passer par là, avec les hommes qui te transportaient, et Noubar est bien plus gros que nous deux ensemble.

– Vous avez raison, admit Rami en soupirant.

Et il se glissa dans le trou à la suite de Ringo et du directeur, qui avançait à quatre pattes et à tâtons dans l'obscurité totale. Les parois rocheuses les enserraient de toute part et l'air était très lourd. Déjà le jeune garçon désespérait de jamais revoir le jour quand, tout à coup, une bouffée d'air frais s'engouffra dans le boyau et ils aperçurent devant eux une faible lueur.

– Courage, nous sommes presque au bout, l'encouragea le directeur.

En effet, ils sentirent sous leurs mains, plus qu'ils ne les virent, des marches taillées dans le roc qui montaient en spirale vers un cercle de lumière.

– Voilà le ciel, là-haut ! s'exclama le directeur. Que Dieu soit loué !

Ils gravirent un étrange escalier en colimaçon, très raide, et sortirent enfin sur le haut plateau du Mokattam, où un bon vent frais soufflait par rafales. Le soleil avait disparu, mais le ciel était encore clair. Ils se trouvaient au milieu d'une vaste étendue pierreuse et déserte : devant eux, en contrebas, s'étendait l'immense plaine du Nil où le fleuve brillait encore comme un long ruban de cuivre. Et, cette fois, Rami reconnut sans peine la silhouette de « sa » pyramide, au loin, sur l'autre rive.

– Voilà Mit Rehina, et Sakkara, et Badrachein, dit le directeur.

– Comme nous sommes loin ! murmura l'enfant. Comment allons-nous faire pour retourner à la maison ?

– Regarde sur ta gauche. Tu vois ces lumières ? C'est Hélouan, où nous allons sûrement trouver de l'aide et aussi un moyen de transport pour retourner à Mit Rehina.

– Oui, il faut qu'on rentre le plus vite possible, pour que mon frère Raafat sorte de prison.

– Raafat en prison ? Pourquoi ? Qu'est-il arrivé ?

Ainsi, pendant qu'ils se hâtaient le long de la falaise vers les lumières de Hélouan, Rami raconta au directeur ce qui était arrivé au village après sa disparition, et comment Raafat avait été emprisonné pour un crime qu'il n'avait jamais commis.

– Pauvre Raafat ! soupira le directeur. Je te promets que je saurai le dédommager convenablement de toutes ses peines.

En 1900, à l'époque où se passe cette histoire, Hélouan était une petite ville thermale très élégante, aux villas somptueuses entourées d'acacias et aux rues larges et ombragées. Égyptiens et étrangers aimaient y passer l'hiver à cause de « son climat exceptionnellement sec et salubre et des propriétés curatives de ses sources sulfureuses », comme disaient les dépliants publicitaires. Il y avait des jardins publics où chaque soir une fanfare militaire donnait un concert, un établissement de bains où on soignait les rhumatismes, des palais féeriques qui appartenaient à des princes et des pachas, et de grands hôtels aux vastes terrasses où les clients, à la fin d'une journée de bains, s'asseyaient pour prendre le thé et jouir des derniers rayons d'un doux soleil filtré par le feuillage des eucalyptus.

Ce soir-là, sur une de ces terrasses, était assis Monsieur H. Il attendait la visite de Noubar qui aurait dû lui remettre une partie du trésor d'Hor Hotep. Tout en fumant sa pipe, il ne quittait pas des yeux la rue où l'on allumait l'un après l'autre les becs de gaz et qui se vidait peu à peu de ses promeneurs. Noubar était en retard et Monsieur H. était furieux. Tout à coup, il aiguisa son regard en plissant les paupières : il avait aperçu des ombres au fond de la rue. Mais tout de suite après il détourna la tête en disant un gros mot : ce n'était qu'un homme habillé à l'européenne, avec un enfant en *gallabieh* et un gros chien-loup. Le petit groupe passa devant la terrasse de l'hôtel et disparut dans l'obscurité.

14

L'officier de police regardait l'archéologue comme si c'était un fantôme.

– Bien sûr que je suis au courant, monsieur le directeur. Tous les journaux ont parlé du crime effroyable de Mit Rehina... On vous croyait mort !

– Éloignez ces mauvaises pensées, marmonna Rami. Comme vous voyez, monsieur l'officier, il est bien vivant.

– Bien sûr, bien sûr, répéta le jeune officier.

Il était frais émoulu de l'école de police et le *karakol*[*] de Héloian était son premier poste. Il était de garde cette nuit-là, quand il avait vu paraître devant lui un homme aux vêtements fripés et un jeune garçon en *gallabieh*, suivis d'un énorme chien à l'air féroce. Quand, après de laborieuses explications, il eut compris que l'homme qui se tenait devant lui était bien le grand archéologue que tout le monde croyait mort, sa joie avait atteint des sommets vertigineux. Voici qu'il lui était donné de le retrouver, sain et sauf, dans cette petite ville d'eaux où il ne se passait jamais rien qui méritât l'intérêt de la police.

112

Essayant de contenir son enthousiasme et son excitation, l'officier téléphona à son chef, le *hakimdar** de Hélouan qui, à ce moment, était en train de dormir du sommeil du juste. Dix minutes après celui-ci arriva au galop sur son cheval, suivi de nombreux *chaouiches** à grosses moustaches et il fut décidé d'organiser immédiatement une expédition sur le haut plateau du Mokattam pour encercler toute la zone, arrêter les criminels et récupérer le trésor. Le directeur, qu'un repas chaud avait entre-temps remis sur pied, s'offrit d'indiquer le chemin, mais il refusa absolument que Rami les accompagne.

– Tu iras dans un hôtel pour te reposer. Tu as reçu un coup sur la tête et tu dois te ménager. Ringo aussi est fatigué, il viendra avec toi.

Le chien agita la queue comme pour approuver ces sages paroles, mais Rami fut profondément déçu. Comment ? On voulait l'empêcher d'assister à la grande scène finale ? Il essaya de faire valoir ses raisons, mais le directeur demeura inflexible.

– Rami, là-haut, il y aura probablement des coups de feu et des empoignades, ce n'est pas la place d'un enfant.

Pendant que le *hakimdar* formait l'équipe qui allait donner l'assaut au Mokattam, le directeur prit un fiacre et accompagna Rami à l'hôtel Glanz, qui était aussi célèbre à Hélouan que le Ritz à Paris. Ils furent accueillis par un employé à moitié endormi qui détacha une clé d'un grand tableau en acajou et les précéda dans un couloir recouvert de tapis rouges et éclairé par d'énormes lustres de cristal. L'enfant était éberlué : de sa vie, il n'avait vu pareilles merveilles. Ces lumières, ces immenses miroirs et ces tapis où ses pieds s'enfonçaient le laissaient bouche bée. Même la chambre où on le fit entrer lui plut immensément, bien qu'elle ne fût pas parmi les plus élégantes de l'hôtel. L'employé s'en excusa :

– Il ne nous reste que celle-ci, l'hôtel est plein à craquer parce que le khédive est venu faire sa cure annuelle et la cour l'a suivi. Cette chambre n'a malheureusement pas de salle de bains, mais il y en a une dans le couloir, juste au coin.

Dès qu'il se retrouva seul avec Ringo, Rami, épuisé, se jeta sur le vaste lit moelleux, mais il eut alors l'impression de ne pas être assez propre pour ces draps immaculés au parfum de lessive. Il se leva et sortit de la chambre à la recherche de la salle de bains, il voulait se laver avant de se coucher. Le chien le suivit mais, alors qu'ils passaient devant l'une des autres chambres, il s'arrêta net, les poils de son dos se hérissèrent et il découvrit silencieusement les dents.

– Qu'est-ce qui te prend, Ringo ? murmura Rami.

Le chien s'était planté devant la porte fermée et reniflait l'espace entre le battant et le sol. L'enfant s'approcha à son tour et entendit des voix :

– Tu n'es qu'un imbécile, disait quelqu'un avec un fort accent étranger. Tu accumules les erreurs.

– Et moi, je vous dis que tout va bien, Monsieur H., et que la police ne trouvera rien, répondit une voix que Rami reconnut tout de suite.

C'était celle de Noubar.

– Tu es encore plus bête que je ne le croyais ! s'écria l'autre avec fureur.

Puis il reprit, un ton plus bas :

– Tu penses vraiment que la police n'est pas capable de trouver ta cachette dans la montagne ?

– Ni la police, ni vous, ni les mouches bleues qui cherchent le cadavre de Mortada, répliqua Noubar d'une voix glaciale.

– Tu as tué Mortada ?

– Il était devenu inutile. Maintenant il n'y a qu'une seule personne au monde qui sache où se trouve le trésor d'Hor Hotep : c'est moi. Je vous conseille donc, pour l'instant, de retourner dans votre pays avec ce coffret en or et les papyrus qu'il contient, et d'attendre que les choses se tassent. Et si jamais il m'arrivait quelque malheur… tant pis pour vous. Vous ne verriez jamais le reste du trésor.

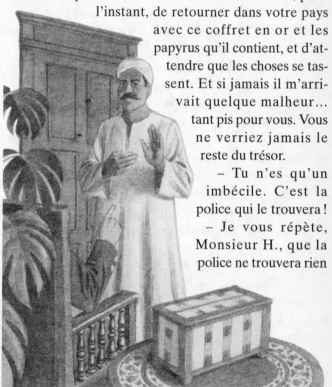

– Tu n'es qu'un imbécile. C'est la police qui le trouvera !

– Je vous répète, Monsieur H., que la police ne trouvera rien de rien. Après quelque temps elle pensera que le directeur a eu des visions, qu'il est devenu fou et cessera de chercher. Rappelez-vous que personne n'a vu ce fameux trésor, sauf moi… et Mortada, que Dieu ait pitié de son âme ! ajouta le rayes Noubar avec onction.

– Et l'enfant, imbécile ? Tu oublies le petit garçon. La police pensera qu'il est devenu fou, lui aussi ?

– Quand le gosse est entré dans la tombe, elle était déjà presque vide. Et qui va accorder de l'importance à ce que raconte un morveux de Mit Rehina ? Le directeur a trouvé un tombeau vide, il est devenu fou, il s'est enfui dans la montagne, son chien et le gamin l'ont retrouvé. Voilà tout ce que la police pourra prouver dans cette histoire.

– Mon cher Noubar, reprit suavement Monsieur H. après un silence, tu t'es fourré dans une situation bien trop délicate pour un amateur comme toi, et tu ne te rends pas compte que, désormais, ta vie est suspendue à mon bon vouloir.

Ici il se mit à rire, et Rami en frissonna.

– Alors, pauvre crétin, continua-t-il, donne-moi ces sacrés papyrus et retourne à Mit Rehina. Si on t'interroge, tu ne sais rien, tu n'as pas bougé de ta maison, tu n'as jamais mis les pieds sur le Mokattam et tu n'as vu ni le directeur, ni le gosse, ni le chien. Je compte partir pour l'Europe dans une semaine, pour me débarrasser de ce coffret. Souviens-toi de cela : s'il m'arrive quelque chose avant que j'aie quitté l'Égypte, mes amis sauront où te trouver. Compris ? Un dernier mot : si jamais pendant ce temps tu essayais de vendre le trésor à d'autres, le lendemain, tu rejoindrais ton ami Mortada en enfer.

Rami eut à peine le temps de tirer Ringo par son collier et de se cacher derrière une colonne, que Noubar sortit en coup de vent de la chambre, le visage convulsé de rage et les pans de son *abaya** flottant derrière lui. Le garçon retint le chien de toutes ses forces, croyant qu'il allait s'élancer sur lui, mais Ringo resta immobile et le regarda comme s'il attendait des ordres.

– Ça va, Ringo, ça va ! murmura Rami.

L'enfant et le chien retournèrent tout doucement dans leur chambre et Rami, qui n'avait plus aucune envie de dormir, réfléchit rapidement. Il fallait empêcher ce Monsieur H. de quitter l'Égypte en emportant une partie du butin et d'ordonner à ses complices de tuer Noubar, qui était désormais le seul au monde à savoir où se trouvait le trésor d'Hor Hotep. Il attacha Ringo au pied de son lit, sortit de sa chambre et retourna devant la porte où il avait entendu les voix. Un numéro était inscrit sur le battant, le numéro 107. Il descendit à la réception de l'hôtel, déserte à cette heure tardive, et s'approcha du comptoir derrière lequel sommeillait l'employé qui les avait reçus.

– Bonsoir, dit Rami, je voudrais savoir si M. Barsoum Farghali est bien dans la chambre 107.

– Monsieur qui ? demanda l'employé en bâillant. Barsoum ?

– Oui, le directeur m'a chargé de dire quelque chose au monsieur qui est dans la chambre 107.

L'employé donna un coup d'œil à son registre et bâilla encore.

– Dans la 107, il n'y a pas de Barsoum. La chambre est occupée par un étranger, un des invités du khédive au bal d'après-demain.

– Et M. Barsoum ?

L'employé feuilleta le registre.

– Ce monsieur n'est pas descendu chez nous.

Rami retourna dans sa chambre, un peu déçu de ne pas avoir appris le vrai nom du mystérieux étranger. Il se répétait : « Monsieur H., Monsieur H. ! » C'était bien le nom du mystérieux criminel dont le directeur lui avait parlé que Noubar avait prononcé par deux fois.

Sur le haut plateau du Mokattam illuminé par les premières lueurs de l'aube, les hommes du *hakimdar* commençaient à se regrouper après avoir exploré tous les méandres de la grotte souterraine. Malheureusement, comme l'avait affirmé Noubar à Monsieur H., ils n'avaient rien trouvé, ni personne, ni même la moindre trace du passage d'êtres humains. Le sol de la grotte était trop dur pour conserver des empreintes de pas, et les criminels, dès qu'ils s'étaient aperçus de l'évasion de leurs prisonniers, avaient fait disparaître tout ce qui aurait pu indiquer à la police que, dans cet endroit, on avait caché des êtres humains ou des objets de valeur. Le directeur était atterré. Où était donc passé le trésor que contenait la tombe d'Hor Hotep ? Noubar lui avait parlé d'objets en or, en albâtre et en granit, de coffrets en bois recouvert d'or pleins de papyrus : d'incroyables merveilles !

Le *hakimdar* s'approcha de lui.

– Les criminels ont sûrement caché leur butin ailleurs. Comme vous le voyez, mes hommes ne trouvent rien.

– Je vous en prie, cherchez encore, insista le directeur. Le contenu de la tombe d'Hor Hotep a une valeur immense pour l'Égypte et pour le monde entier !

– Êtes-vous sûr que Noubar n'a pas transporté le trésor au Caire depuis le premier jour ? Dans ce cas, il ne sera pas facile de le retrouver.

– Non, le trésor était dans la grotte. Noubar avait peur d'être trompé par le receleur, il voulait que je lui indique la valeur de chaque objet, je suppose que c'est la seule raison pour laquelle il ne m'a pas tué.

– Mais, en fait, vous n'avez rien vu de vos yeux, n'est-ce pas ?

– Noubar attendait d'avoir vidé la tombe avant de me faire passer dans la salle où il cachait le trésor.

– Mais c'est impossible que les voleurs aient déplacé tous ces objets entre hier soir et ce matin ! dit le jeune officier.

– Absolument impossible, confirma le directeur. Surtout quand on sait que certaines pièces sont très lourdes, Noubar m'a parlé d'un masque en or massif et de vases gravés hauts de soixante centimètres.

– En or ?

– En albâtre.

Le *hakimdar* fit une moue dubitative.

– Excusez-moi, monsieur le directeur : si vous n'avez jamais vu ce fameux trésor, comment pouvez-vous être tellement sûr qu'il se trouve dans la grotte ? Comment pouvez-vous affirmer qu'il existe réellement ?

15

– Je suis un archéologue, répondit le directeur, un peu vexé. Et je sais que la tombe était intacte, c'est-à-dire qu'elle contenait tous les objets avec lesquels le personnage a été enterré, selon les rites funéraires de son époque. D'autre part, l'aventure qui m'est arrivée prouve que le contenu de la tombe a éveillé la convoitise d'une organisation ou d'un criminel international.

– Quel criminel ? demanda le *hakimdar*, incrédule. Quelle organisation ?

– Noubar n'aurait jamais osé passer à l'action s'il n'avait derrière lui un solide réseau de receleurs et de trafiquants.

Le *hakimdar* fronça les sourcils et se tut. Selon lui, le directeur avait lu trop de livres d'aventures. Il voyait ses hommes sortir l'un après l'autre des entrailles de la montagne, déçus de ne pas avoir trouvé la moindre preuve. Étant habitué à se fonder uniquement sur des faits matériels, il commençait à trouver inutile, voire absurde le déploiement de toutes ces forces de police sur un plateau désert. D'ailleurs l'aube allait poindre, il avait faim et

120

surtout envie d'un bon thé chaud. Il ordonna aux sous-officiers de rappeler tout le monde.

– Rentrez à l'hôtel, monsieur le directeur, dit-il enfin en se tournant vers l'archéologue. Quelques heures de sommeil ne vous feront pas de mal. Plus tard… nous verrons.

Le directeur était furieux et n'avait aucune envie de dormir. Le scepticisme du *hakimdar* ne lui avait pas échappé, et il avait compris que, de ce côté-là, il ne lui restait pas beaucoup d'espoir d'obtenir l'aide nécessaire pour retrouver le trésor volé. Avec le flair de Ringo, il aurait sans doute obtenu de meilleurs résultats !

Il décida alors de retourner sur son chantier et de pénétrer finalement dans la tombe, ainsi il pourrait se rendre compte, plus ou moins, de l'étendue du vol. Il passa prendre Rami et Ringo à l'hôtel et envoya chercher un fiacre qui les conduisit au bord du Nil. Là ils louèrent une grosse felouque qui, en moins d'un quart d'heure, les déposa sur la rive occidentale. Un paysan accepta de leur prêter deux ânes et c'est au petit trot que le directeur, Rami et Ringo retournèrent au chantier. Sur le chemin, Rami lui rapporta la conversation qu'il avait surprise entre Noubar et Monsieur H. Loin de s'éclaircir, la situation devenait de plus en plus embrouillée.

– Maintenant, nous sommes tout à fait sûrs que Monsieur H., qui est un criminel international de grande envergure, est mêlé à cette histoire, confia le directeur à Rami. C'est un individu dangereux dont personne ne connaît ni le vrai nom ni le véritable visage. Mais si nous demandions à la police de l'arrêter, ses complices tueraient Noubar.

– Et nous ne retrouverions plus le trésor puisque seul le *rayes* peut nous dire où il est caché !

– En même temps, il faut empêcher par tous les moyens que Monsieur H. quitte l'Égypte avec les papyrus que Noubar lui a remis hier soir. Ces papyrus sont plus précieux pour l'archéologie que tout l'or de la tombe.

Le directeur et Rami étaient arrivés au chantier. Ils prirent des pelles dans la cabane à outils et commencèrent à déblayer l'entrée du tombeau, soigneusement cachée sous le sable par les criminels.

– Voler un voleur est un péché, monsieur le directeur ? demanda l'enfant à un certain moment.

L'archéologue le regarda, amusé.

– Voilà une question de haute morale à laquelle je ne peux répondre. Mais pourquoi veux-tu le savoir ? Qu'est-ce qui te trotte dans la tête ?

– Je connais quelqu'un qui pourrait aller à Hélouan... récupérer ces pa... pap... ces objets. Nous avons encore le temps : demain soir, Monsieur H. est invité au bal du khédive et il ne partira que le jour d'après.

Le directeur regarda Rami et réfléchit un bon moment.

– Je crois sincèrement, dit-il enfin, que Dieu nous pardonnera si nous employons des méthodes... assez peu correctes pour éviter que ces précieux papyrus quittent le sol de l'Égypte.

Après avoir fait le tour du tombeau d'Hor Hotep, constaté l'ampleur du désastre provoqué par les voleurs et lu des hiéroglyphes gravés sur les parois, l'archéologue était prêt à tout.

– Ce personnage, Hor Hotep, expliqua-t-il, était un ministre-médecin-philosophe à la cour du roi Zoser. Il a vécu à l'époque d'Imhotep, c'était probablement son collègue et, comme je l'imaginais, les papyrus que Noubar a donnés à Monsieur H. ont une valeur inestimable pour la connaissance de notre histoire ancienne. Je ne peux pas les perdre !

Le directeur et Rami refermèrent le tombeau avec soin, enfourchèrent leurs baudets et descendirent au village. En chemin, l'enfant évoqua Hammouda, fils d'omm Hammouda, et ses « dons » particuliers, et le directeur approuva sans hésiter le plan de son jeune ami. Arrivés à Mit Rehina, ils se rendirent immédiatement au poste de police. Rami était impatient de retrouver son frère, le pauvre Raafat emprisonné injustement et, de son côté, le directeur voulait à tout prix empêcher la police d'arrêter Noubar, ou le faire libérer si jamais on l'avait déjà arrêté : il fallait absolument le protéger de Monsieur H.

Ils pensaient bien que leur retour au village n'allait pas passer inaperçu, mais ils ne s'attendaient pas à l'accueil impressionnant qu'on leur fit au poste de police. En les voyant, les *chaouiches* de garde poussèrent des « *intebâ !* »*, les sous-officiers soufflèrent dans leurs sifflets stridents. Le lieutenant Amr bondit sur ses pieds en tapant des mains avant de se précipiter dans la chambre du *maamour*.

– Le voilà, le directeur est là ! Il est revenu !

Le *maamour* de Mit Rehina sortit en trombe de son bureau, tout rouge et agité.

– Monsieur le directeur, vous nous avez rendus fous ! Où étiez-vous ? On vous a cherché partout !

124

– Eh bien, me voilà.

L'autre avait de la peine à contenir son enthousiasme.

– Son Altesse le khédive a entendu parler de votre aventure ! Son Altesse a donné ordre qu'on vous cherche partout ! Son Altesse veut absolument vous voir à son bal, demain soir !

Le directeur et Rami échangèrent un regard.

– Le bal du khédive ? répéta l'archéologue avec une indifférence feinte. C'est un grand honneur, j'y serai.

Le lieutenant Amr avait les yeux brillants d'excitation.

– Son Altesse le khédive enverra sa maison flottante, sa *dahabieh*, vous chercher demain à midi !

– L'important, pour l'instant, reprit le directeur, c'est que vous libériez le frère de mon ami Rami, qui n'a rien fait de mal.

– Raafat ? Il est chez lui depuis ce matin, dit le *maamour*.

Puis il se tourna vers Rami et le toisa.

– Voilà donc ce diable de gamin que nous avons cherché partout ! Tu nous diras un jour où tu te cachais, j'espère ?

L'enfant sourit sans se compromettre. Le directeur lui adressa un discret clin d'œil.

– Prends Ringo et rentre chez toi. Raafat et… ton ami doivent être impatients de te voir !

– Oui, monsieur le directeur, dit Rami en saluant et en détalant à toutes jambes.

Le *maamour* invita alors le directeur à entrer dans son bureau, fit venir du thé, du café et des sirops, puis commença à parler de choses sérieuses :

– Nous avons arrêté votre chef de chantier, Noubar.

Mais il faut que vous sachiez, monsieur le directeur, que nous n'avons aucune preuve contre lui, et nous ne pourrons pas le garder longtemps sur la base de votre déposition seulement.

En fait, le *maamour* était bien embarrassé. Il avait parlé avec le *hakimdar* de Hélouan, grâce à cet appareil extraordinaire qu'on venait d'installer dans son poste et qu'on appelait « téléphone » ; et il était arrivé – comme le *hakimdar* – à la conclusion que cette affaire était des plus étranges. On avait emprisonné une première fois Raafat le tisserand sans la moindre preuve qu'un crime eût été commis et, maintenant, on avait enfermé Noubar pour vol, sans que personne puisse prouver qu'un vol eût été commis. La victime présumée du meurtre se tenait devant lui, en excellente santé, mais où était le butin ? Et ce butin existait-il vraiment ou n'était-il que le fruit d'un rêve d'archéologue ?

– Le trésor… le trésor, monsieur le directeur… existe-t-il vraiment ?

– Pour tout vous dire… je ne saurais l'affirmer, répondit l'autre en choisissant soigneusement ses mots. Quand Noubar et son complice m'ont enlevé, je n'avais pas encore pénétré dans la tombe. Aujourd'hui, j'ai pu le faire et, naturellement, elle est vide, sauf le sarcophage qui doit peser dans les vingt tonnes et les parois qu'on n'a pas pu détacher.

Le *maamour* avait l'air embarrassé.

– Noubar a déclaré dans sa déposition que l'idée de vous enlever ne lui était jamais passée par la tête. Il a dit aussi que, la veille de votre disparition, vous aviez eu des hallucinations dues à une insolation.

Le directeur sourit sous sa moustache.

– Magnifique ! Bien trouvé ! murmura-t-il.

Puis, à haute voix :

– C'est tout à fait exact, ce jour-là, j'avais un fort mal de tête.

Le *maamour* alla à son coffre-fort, l'ouvrit et en tira un petit paquet.

– Voici le seul objet matériel qui puisse être annexé au dossier.

Il déballa le paquet avec précaution et montra au directeur le bracelet en or que Nefissa avait remis au lieutenant Amr. Le directeur le prit, l'observa avec attention, puis le rendit au policier.

– C'est un faux, dit-il. Un bracelet de femme, un bijou moderne, probablement fabriqué à Paris.

Le *maamour* le regarda, bouche bée.

– Un faux ? Un bijou moderne ?

– Oui, confirma-t-il sans broncher.

Il avait immédiatement reconnu le bracelet comme étant une pièce du trésor funéraire d'Hor Hotep, mais s'il l'avait admis, il aurait confirmé l'existence du trésor. Noubar aurait été incriminé officiellement et, à partir de ce moment, sa vie aurait été suspendue à un fil, même au fond d'une cellule.

– Comment ce bracelet est-il arrivé ici, à Mit Rehina ? ne put s'empêcher de demander le directeur.

– C'est une fillette, une petite paysanne, qui nous l'a apporté.

Le policier était de plus en plus perplexe, et l'idée que toute cette histoire puisse n'être que la conséquence d'un coup de chaleur qui aurait dérangé les facultés mentales de l'archéologue commençait à se frayer insidieusement un chemin dans son esprit.

– Monsieur le *maamour*, reprit le directeur, je ne veux pas que vous commettiez une action illégale en détenant sans preuves un citoyen innocent… je vous conseille donc de libérer le rayes Noubar. Cet homme travaille pour moi depuis cinq ans et je n'ai jamais eu à me plaindre de lui. Et…

Il se leva.

– … je vous serais reconnaissant, monsieur le *maamour*, si, pendant que vous signez son ordre de libération, vous me permettiez de le voir.

16

Un policier ouvrit la petite porte de la cellule où on avait enfermé Noubar et s'effaça devant le directeur. Le *rayes* était assis par terre, les yeux fixés sur l'unique petite fenêtre de sa prison et il ne tourna pas la tête vers les arrivants.

– Bonjour, Noubar, dit l'archéologue.

En entendant cette voix qu'il ne connaissait que trop bien, Noubar sursauta et se leva d'un bond. Il regarda son visiteur avec des yeux farouches.

– Laisse-nous, ordonna le directeur au policier.

Celui-ci obéit et referma la porte derrière lui.

– Qu'est-ce que vous voulez ? demanda Noubar d'une voix sifflante. Voilà, vous avez gagné, mais vous ne tirerez rien de moi. Rien de rien, vous comprenez ?

– Oui, je comprends, Noubar. Tu as caché le trésor et personne, sauf toi, ne sait où il se trouve. Mais je ne suis pas venu te parler de ça. Je suis venu te dire que tant que tu es en prison, ta vie est en danger. Monsieur H. ne peut pas permettre qu'un de ses… fournisseurs se trouve entre les mains de la police, et il te fera tuer.

Un frisson parcourut le corps du *rayes*.

– Je… je vois que vous savez beaucoup de choses. Qu'en avez-vous à faire si on me tue ? De toute manière, mort ou vivant, je ne vous dirai rien, ce trésor est à moi.

– Je te répète que je ne suis pas venu te parler du trésor. Je suis venu te dire que le *maamour* va te libérer bientôt. Je me suis arrangé pour qu'il te relâche. Je ne veux pas avoir ta mort sur la conscience.

Le directeur frappa à la porte de la cellule et le *chaouiche* ouvrit immédiatement.

– Monsieur… monsieur le directeur ! cria Noubar.

Mais le policier avait déjà refermé la cellule à double tour.

Rami trottinait à travers le village vers sa maison avec Ringo sur les talons. Il entendait déjà les *zagharit*, ces cris de joie que les voisines poussaient pour le retour de Raafat. Des commères, debout sur le seuil de leur porte, le saluaient en souriant.

– *Mabrouk*[*] ! Ton frère est sorti de prison ! disaient-elles. Nous viendrons à votre fête, ce soir.

« Tiens ! pensa Rami. Mon frère va faire une fête ? Et en quel honneur ? »

Quelqu'un avait dû le devancer pour avertir Raafat, parce qu'il vint à sa rencontre en courant et le serra dans ses bras.

– Mon frère, mon frère chéri, dit-il, les larmes aux yeux. Nefissa m'a tout raconté, tu es un véritable héros !

– Oh, ces filles ! grogna Rami. Il n'y a pas moyen qu'elles gardent un secret.

Mais, au fond, il était plutôt satisfait que Nefissa sache reconnaître ses mérites.

La rue devant sa maison était pleine de monde. On avait tendu d'une terrasse à l'autre des cordes d'où pendaient des lampions et des drapeaux, les gens avaient mis leurs habits de fête, et il y avait même oncle Garghir avec son trombone et les frères Tartour avec leurs tambourins qui faisaient un fracas assourdissant. Rami vit Nefissa qui le regardait par la fenêtre en souriant : immédiatement, il sut que c'était une très belle journée, peut-être la plus belle de sa vie.

– *Abi'* Raafat, dit-il, je suis heureux que tu sois rentré à la maison, et je suis content que tu fasses cette belle fête ! Pour moi, elle est encore plus belle que le bal que le khédive donnera demain soir à Hélouan !

– Pour moi aussi, c'est la plus belle des fêtes, puisque ce sont mes fiançailles avec Chalabeia !

Et Raafat raconta à son frère que, pendant les quelques jours où il avait été emprisonné, au lieu de recevoir des tomates pourries par la fenêtre de sa cellule (comme c'était le cas pour la plupart des délinquants qui y étaient enfermés), il avait reçu chaque matin des plats cuisinés par les douces mains de sa voisine. Des plats tellement délicieux, qu'il ne pourrait jamais plus s'en passer dans l'avenir.

L'histoire des tomates pourries que les enfants du village lançaient aux prisonniers de la centrale ramena tout à coup à la mémoire de Rami la mission dont il entendait charger Hammouda.

– *Abi'* Raafat, dit-il, mille *mabrouk* pour tes fiançailles, tu ne pouvais pas mieux choisir, mais j'ai une course très importante à faire… je reviens tout de suite.

Et il détala, toujours suivi par Ringo, en laissant Raafat éberlué au milieu de la rue.

Hammouda, fils d'omm Hammouda, habitait avec sa vieille mère dans une misérable cabane au bord d'un canal. Omm Hammouda s'était échinée à l'élever, allant travailler à la journée chez les riches paysans de la région. Jusqu'à récemment, son fils ne lui en avait montré aucune reconnaissance, et avait entretenu soigneusement une réputation de fainéant et de mauvais garçon. Mais voici que depuis quelques semaines il semblait avoir changé : il avait accepté quelques petits travaux saisonniers par-ci par-là et on l'avait vu même balayer la maison du cheikh Abdel Ghelil qui, disait-on, lui donnait en échange des leçons de lecture. Ce changement coïncidait étrangement avec un vol qui avait eu lieu dans la maison du cheikh Mansi, un vol qui s'était terminé heureusement avec la restitution des bijoux volés par un mystérieux jeune garçon. Mais la plupart des gens du village, tout en étant au courant aussi bien du changement de Hammouda que du vol dans la maison du cheikh Mansi ne faisaient aucun rapprochement entre ces deux événements. En fait, depuis quelque temps, Hammouda apprenait à lire et attendait le retour de Rami parce que, le soir du vol manqué, il avait eu l'intuition que ce garçon avait accès à un univers particulier, très différent du petit monde du village. Et il était prêt à tout pour l'y suivre.

Quand Rami et Ringo arrivèrent à la cabane sur le canal, Hammouda était dans l'eau jusqu'à mi-jambe et essayait d'attraper des poissons-chats pour le déjeuner. Lorsqu'il vit Rami, son visage s'illumina.

– Salut, j'ai su qu'il t'était arrivé pas mal d'aventures.

– Oui, assez, et ce n'est pas fini. Mais, cette fois, j'ai besoin de toi.

Hammouda sortit aussitôt de l'eau.

– Dis toujours, on verra.

– Je veux que tu voles quelque chose pour moi.

Une certaine déception se peignit sur la figure du garçon.

– Tu veux que je vole… ? Je croyais…

– Je vais t'expliquer, dit Rami en s'asseyant sous un saule pleureur. Viens t'asseoir, ça va nous prendre du temps.

– Ton chien ne va pas me sauter dessus, j'espère ?

– Ringo sait que tu es devenu mon ami.

Hammouda s'assit sous le saule et Rami commença à lui raconter l'histoire du trésor d'Hor Hotep, de Monsieur H. et des voleurs qui lui avaient remis les précieux papyrus volés dans la tombe. Suivant les recommandations du directeur, il ne mentionna pas de nom.

– On a arrêté le rayes Noubar, intervint Hammouda. C'est lui, le voleur, n'est-ce pas ?

– Rien n'est prouvé, répondit Rami après un instant d'hésitation. Tu sais bien qu'on avait arrêté mon frère pour avoir tué le directeur, et le directeur est aussi vivant que toi et moi. Ces jours-ci, la police commet beaucoup de bourdes !

Il expliqua à Hammouda qu'il fallait que l'archéologue récupère les papyrus volés avant que Monsieur H. ne quitte l'Égypte : ils se trouvaient encore, très probablement, dans sa chambre d'hôtel à Hélouan.

– Je comprends. Mais comment faire pour entrer dans la chambre de ce type sans qu'il s'en aperçoive ?

– Demain soir, reprit Rami, le khédive donne un grand bal. Monsieur H. et le directeur y sont invités. Pendant le bal, tu pourras escalader la façade de l'hôtel comme tu l'as fait chez le cheikh Mansi. Tu sauteras sur le balcon que je t'indiquerai et tu entreras dans la chambre par la fenêtre. Après quoi tu m'ouvriras la porte, nous prendrons les papyrus et nous sortirons tranquillement.

– Mais ce n'est pas possible ! protesta Hammouda. Comment veux-tu qu'on m'accepte dans un grand hôtel de Hélouan avec ce que j'ai sur le dos ?

– On m'a accepté, moi… habillé juste comme je suis maintenant. On ne peut rien refuser au directeur. Mais, tout de même, demain soir, nous serons tous les deux vêtus de la manière la plus convenable, il faut faire honneur au bal du khédive.

Hammouda se leva et fit un bond en l'air. Il bouillonnait d'enthousiasme.

– Yahou, yahou !

Tout à coup, il se calma et regarda Rami avec des yeux ronds.

– Mais, au fait… qu'est-ce que c'est que ces papa… papi… papyrus, comme tu dis ? A quoi ça ressemble ?

– Je n'en sais rien, mais le directeur va nous l'expliquer.

La fête pour les fiançailles de Raafat le tisserand fut grandiose : les voisins s'étaient mis en quatre pour nettoyer la maison, disposer des nattes et des coussins dans les chambres et sur les balcons, accrocher des guirlandes et apporter ces tables basses dites *tableia*, autour desquelles le soir ils s'assiéraient pour dîner. Depuis le matin, les femmes cuisinaient poulets, oies et canards,

enfournaient pain et gâteaux, préparaient les sirops qu'on offrirait à la ronde : Raafat et Chalabeia, tous les deux orphelins, se trouvèrent tout à coup nantis d'une quinzaine de mères soucieuses de leur préparer des fiançailles inoubliables. Au coucher du soleil, on alluma les lampions, la musique redoubla d'intensité, les *zagharit* devinrent assourdissants, et Raafat passa au poignet de Chalabeia un mince bracelet en or qui allait sceller leur promesse de mariage. Le directeur arriva un peu plus tard avec un lourd paquet : c'était son cadeau de mariage, une batterie de cuisine complète en beau cuivre luisant comme l'or. Rami lui présenta Hammouda, et le directeur leur annonça que des habits flambant neufs les attendaient dans la maison sur la colline. Le rendez-vous était fixé pour dix heures, le lendemain ; à midi, le khédive aurait envoyé sa *dahabieh* personnelle, une grande et luxueuse maison flottante à fond plat, pour leur faire traverser le Nil.

– A propos, glissa le directeur à Rami, à voix basse, j'ai convaincu le *maamour* de libérer Noubar. C'était trop dangereux de le laisser en prison.

Il venait à peine de terminer sa phrase, qu'un paysan arriva en courant, tout effaré.

– On a tué le rayes Noubar ! On a tué le rayes Noubar ! On lui a tiré dessus dans sa cellule !

17

– Noubar n'est pas mort, il est très grièvement blessé à la poitrine, expliqua le *maamour* au directeur quand il fit irruption dans le poste de police, suivi de Rami, Hammouda et Ringo. Le barbier du village vient juste de le voir dans sa cellule, et il a arrêté l'hémorragie.

L'archéologue poussa un soupir de soulagement.

– Dieu soit loué !

– C'est extraordinaire à quel point le sort de ce Noubar vous tient à cœur. Quant à moi, je trouve ce bonhomme plutôt sinistre.

Le directeur décida que le moment était venu d'expliquer à l'officier les raisons pour lesquelles il se préoccupait tellement de son chef de chantier, et pourquoi il avait essayé par tous les moyens de le faire libérer, de peur que Monsieur H., le sachant incriminé, ne le fasse éliminer par un de ses hommes, ce qui aurait entraîné la perte irrémédiable du trésor dont Noubar seul connaissait la cachette. Voici que, malheureusement, ses craintes venaient d'être confirmées.

Le *maamour* l'écoutait et n'en croyait pas ses oreilles.

137

– Alors le trésor existe ?

– Mais naturellement. Le bracelet que vous m'avez montré en fait partie.

– Alors Noubar vous a réellement enlevé ?

– Quoi qu'en pense le *hakimdar* de Hélouan, dit le directeur en souriant, ce n'est pas de mon plein gré que j'ai passé trois jours ligoté au fond d'une grotte du Mokattam.

Le *maamour* essuyait l'abondante sueur qui lui coulait sur la figure.

– Mais je ne comprends pas, pourquoi n'avez-vous pas signalé la présence de Monsieur H. à l'hôtel Glanz ? On aurait pu l'arrêter !

– Dans ce cas, ses complices auraient essayé de tuer Noubar, qui est le seul témoin à charge contre lui ! Monsieur le *maamour*, dans le village tout le monde croit maintenant que Noubar est mort. Pouvez-vous ne pas démentir cette nouvelle durant, disons, quarante-huit heures encore ?

– Vous me demandez de ne pas informer Hélouan ?

– Ni Hélouan ni Le Caire, confirma le directeur. Vous voulez réellement résoudre cette affaire, monsieur le *maamour* et, en même temps, protéger Noubar ? Alors faites-le transporter à l'hôpital de Gizeh où on pourra le soigner convenablement, mais dites à sa famille qu'il est décédé et que la police garde le corps pour les besoins de l'enquête.

– Noubar n'a que de lointains cousins.

– Ce qui simplifie les choses. Vous comprenez, il faut que demain soir, au bal du khédive, Monsieur H. se sente tout à fait en sécurité.

– Monsieur H. sera au bal ! s'étrangla le *maamour*.

– Oui, et je ferai en sorte que ce soit le dernier bal de sa vie.

A midi tapant, la splendide *dahabieh* du khédive s'amarra au petit embarcadère sur lequel l'attendaient le directeur et Ringo, ainsi que Rami et Hammouda, habillés comme de vrais princes de *gallabieh* en soie blanche et d'*abaya* en laine légère de la couleur du sable. Les hommes de l'équipage installèrent l'escalier d'honneur couvert d'un tapis rouge, et le petit groupe monta à bord. Le capitaine se présenta et ajouta :

– Son Altesse le khédive souhaite que vous déjeuniez pendant la traversée. Ainsi, pour que vous puissiez le faire confortablement et sans vous presser, la *dahabieh* de Son Altesse vous conduira d'abord vers le nord, en vue de la ville du Caire, pour ensuite faire demi-tour et revenir vers la rive droite à la hauteur de Hélouan. Là, à quatre heures précises, un carrosse khédivial vous conduira à l'hôtel Glanz, où vous aurez le temps de vous reposer, de vous rafraîchir et de vous préparer pour le bal.

Assis sur le pont de la maison flottante, autour d'une table couverte de toile de Flandre et d'argenterie, Rami et Hammouda croyaient rêver. Devant eux défilaient les rives du Nil couvertes de palmeraies et de jardins de manguiers, de champs de maïs et de coton. De temps à autre, ils entrevoyaient un village à moitié caché par des sycomores centenaires, ou un palais tout blanc aux terrasses en marbre qui descendaient vers l'eau. Ils étaient tellement émerveillés par ce voyage extraordinaire qu'ils ne prêtèrent aucune attention aux mets qui leur étaient présentés et qui, pour eux, étaient des nouveautés absolues : poulet plongé dans une sauce aux noix, feuilles de vigne farcies, faisan rôti. Et pour terminer en beauté, un dessert dégoulinant de sirop qu'on appelait « doigts de dame » et qui fondait dans la bouche comme un rêve. Ringo ne fut pas oublié et on lui servit une ratatouille de bœuf et légumes.

Les trois invités du khédive étaient en train de déguster le dernier « doigt de dame », quand la ville du Caire parut à l'horizon. Ils virent d'abord les coupoles et les minces minarets de la mosquée Mohammed-Ali, à la citadelle, puis d'autres coupoles et d'autres minarets et une série de palais qui se suivaient le long des rives, chacun entouré d'un vaste jardin touffu d'arbres. Les champs avaient cédé la place aux parcs et aux constructions grandioses.

Le directeur leur montra les jardins et le pavillon de Menesterli Pacha, sur l'île de Roda, l'hôtel Sémiramis, surmonté d'un toit fleuri, les casernes anglaises badigeonnées de rouge et, enfin, une coupole en construction qui surplombait une grande bâtisse entourée d'échafaudages.

– Vous voyez ce beau palais qu'on est en train de bâtir ? demanda-t-il. C'est le musée, l'endroit où seront exposées toutes les merveilles de l'art pharaonique ainsi que le trésor d'Hor Hotep, quand nous l'aurons retrouvé.

Le directeur leur montra aussi l'île de Zamalek où on entrevoyait, à travers les arbres, un palais bâti par Ismaïl Pacha. Il leur indiqua, sur l'autre rive, la mosquée du sage Abou El Aela, et enfin l'étrange pont ultramoderne qu'un ingénieur français, M. Gustave Eiffel, venait de terminer. C'est juste devant ce pont que la *dahabieh* princière amorça un tournant et commença son voyage de retour vers Hélouan.

Un vent chaud venant du sud poussa les voyageurs à rentrer dans le luxueux salon du pont supérieur, où d'immenses fauteuils en cuir les attendaient. Des domestiques vêtus de longues tuniques bleues brodées d'or leur apportèrent du café turc et des boissons fraîches, puis se retirèrent silencieusement. Alors le directeur parla longuement, en expliquant en détail le plan qu'il avait préparé. C'était un plan très simple, mais qui comportait quelques risques, mais il ne voulait en aucun cas mettre en danger la vie de ses jeunes amis. Il fallait donc le mettre au point très précisément pour être sûr que tout se déroulerait comme prévu.

Quand la maison flottante du khédive Abbas accosta sur la rive droite du Nil, en face de Hélouan, Rami et Hammouda étaient fin prêts. Ils arrivèrent à l'hôtel vers cinq heures, prirent possession de leurs chambres et, une demi-heure plus tard, Rami sortit discrètement, tenant Ringo en laisse, pour un petit tour d'exploration. Mais il se figea en voyant la porte numéro 107 grande ouverte et deux domestiques, un jeune et un vieux, qui s'affairaient à nettoyer la chambre.

– Tiens ! dit-il en s'approchant, l'air faussement indifférent, M. Barsoum a quitté l'hôtel ?

– Non, répondit le jeune domestique, il s'est fait transférer dans l'aile ouest, dans une chambre plus grande.

– M. Barsoum est mon ami. Quel est le numéro de sa nouvelle chambre ?

A ce moment, le domestique plus âgé intervint :

– Le client qui habitait ici ne s'appelle pas M. Barsoum et nous ne connaissons pas le numéro de sa nouvelle chambre, dit-il d'un ton sans réplique.

– Comment ! s'étonna Rami. Ce n'est pas ce grand monsieur maigre, avec des lunettes, qui l'autre soir m'a donné de si bons chocolats ?

– Ce client n'est ni maigre ni grand et ne porte pas de lunettes, s'esclaffa le jeune domestique, tout en sortant la corbeille à papier.

L'autre lui lança un regard réprobateur et ferma la porte au nez de Rami.

Resté seul dans le couloir, l'enfant regarda à droite et à gauche, puis dans la corbeille à papier : elle était presque vide, à part quelques feuilles froissées et une petite boule de coton tachée de sang : Monsieur H. s'était probablement coupé en se rasant. Rami la prit délicatement du bout des doigts et la fit renifler à Ringo.

– Viens, dit-il, nous voulons trouver la nouvelle chambre de ce monsieur.

Le chien partit sans hésiter le long du couloir, gravit un escalier couvert de tapis fleuris, puis s'engouffra dans un couloir encore plus vaste et luxueux, éclairé par d'immenses baies vitrées qui donnaient sur un jardin tropical, riche de bougainvillées couleur pourpre. Arrivé devant la porte numéro 201 il s'arrêta pile et émit un petit jappement.

– Donc c'est ici que se trouve Monsieur H., murmura Rami.

Il rebroussa chemin et alla rapporter le résultat de ses investigations à ses amis. Entre-temps, Hammouda avait mis une tunique de soie vert bouteille chamarrée d'or, en tout point semblable aux uniformes des domestiques de l'hôtel, et avait couvert sa tignasse d'un tarbouche lie-de-vin.

– C'est parfait, tu as l'air d'un véritable *souffragui*** de première classe ! s'exclama le directeur. Dans une demi-heure tu iras te poster devant la chambre 201 et, quand Monsieur H. sortira, tu l'examineras avec beaucoup d'attention, de manière à pouvoir le reconnaître facilement. Il faut que tu notes tout : son âge, sa taille, son poids, comment sont ses cheveux, quelle est l'exacte nuance de sa peau, et surtout ses vêtements. Il faut que tu puisses me le montrer au bal sans te tromper.

– D'accord, monsieur le directeur, acquiesça Hammouda.

L'archéologue lui montra aussi comment fonctionnaient les serrures des portes, qu'on fermait à clé de l'extérieur mais qui pouvaient être actionnées de l'intérieur en tirant un petit verrou.

– Toi, Rami, reprit-il ensuite, tu iras dans le jardin et tu essaieras de trouver la fenêtre qui correspond à la chambre 201. Mais avant cela, habille-toi à l'européenne, il vaut mieux qu'on te prenne pour un étranger.

La valise du directeur semblait inépuisable. Rami en sortit une paire de pantalons gris, une jaquette de la même étoffe et de la même couleur et une chemise blanche. Il y avait même une petite casquette, mais il supplia le directeur de lui permettre de ne pas la porter. Quand il fut prêt, il descendit au jardin et calcula que la fenêtre de la chambre 201, au deuxième étage, était la première à gauche après les baies vitrées du couloir. Vue du jardin, elle semblait inaccessible, mais Rami était sûr que pour Hammouda, l'atteindre serait un jeu d'enfant.

La nuit tombait. Dans la partie nord du jardin, là où devait avoir lieu le bal du khédive, un orchestre avait commencé à jouer en sourdine. Des domestiques en uniforme de gala préparaient le buffet, disposaient par-ci, par-là, sous les arbres, des centaines de fauteuils en rotin couverts de coussins, d'autres balayaient la grande rotonde en marbre poli où les couples danseraient jusqu'à l'aube, d'autres encore enflammaient des torchères à la citronnelle pour éloigner les moustiques.

Plus tard, on allumerait aussi des centaines de lampes électriques, clou de la soirée, délicate surprise que le khédive réservait à ses invités ; mais Rami ignorait ce détail et considéra que la pénombre du jardin était tout à fait propice à la mission dont était chargé son ami Hammouda.

18

A neuf heures du soir, tout le monde était prêt. Le directeur était méconnaissable dans son habit noir et sa chemise empesée ornée d'un papillon en soie moirée ; Rami commençait à s'habituer à ses pantalons longs et Hammouda resplendissait dans son uniforme de serviteur de grande maison. Seul Ringo avait été exclu de l'aventure et devait se tenir bien tranquille dans la chambre, sans essayer de sortir et surtout sans faire de bruit. Le chien écouta ces recommandations les oreilles tour à tour pliées en avant et en arrière, puis alla s'affaler sur la descente de lit, le museau sur les pattes antérieures et la queue serrée contre le flanc gauche, ce qui, chez lui, était un signe de profond mécontentement.

– Il y a un petit imprévu, annonça le directeur. Comme Monsieur H. a changé de chambre, Hammouda devra escalader la façade de l'hôtel du côté jardin, au vu et au su de tous ceux qui passeront par là. Mais la lumière est assez faible, et la couleur de son *koftan** se confondra avec les plantes grimpantes qui couvrent les murs.

Hammouda hocha la tête.

– Maintenant, va te poster devant la porte numéro 201, regarde bien Monsieur H. quand il sortira, puis descends au jardin, prends un plateau avec des verres et commence à circuler parmi les invités. Tu t'approcheras de moi sans te presser, et tu me le montreras discrètement. A ce moment, je te dirai quand tu devras commencer ton escalade.

– Et moi ?

– Toi, Rami, tu te cacheras près de la chambre 201. Quand Hammouda sera entré par la fenêtre, il t'ouvrira la porte et vous chercherez les papyrus. Vous avez bien compris, j'espère, à quoi ils ressemblent, ces papyrus ?

– Oui, monsieur le directeur, répondirent en chœur Rami et Hammouda.

L'archéologue n'aimait pas les mondanités mais, ce soir-là, la beauté du décor où allait se dérouler la fête du khédive Abbas le laissa sans voix. Le jardin, empli d'une foule élégante et bigarrée, était éclairé de torches et de flambeaux protégés du vent par des coupes en verre coloré. On avait placé au cœur de chaque buisson des lanternes vénitiennes, ce qui les faisait ressembler à des fontaines lumineuses d'où jaillissaient des fleurs multicolores. L'orchestre jouait des airs orientaux, en alternance avec des valses de Strauss et des romances en vogue. Des chanteurs et des chanteuses se succédaient sur l'estrade, vigoureusement applaudis par l'assistance, tandis que des *souffragui* aux riches uniformes bleus, verts ou rouges brodés d'or circulaient sans cesse au milieu des invités, offrant des amuse-gueules et des boissons glacées. Les femmes portaient des robes claires, aux tournures tarabiscotées selon la dernière mode de Paris ; mais il y avait aussi des dames très élégantes dans leurs *abaya* noires, la figure couverte d'un voile blanc. Ces dernières se tenaient discrètement à l'écart sous une tonnelle et étaient servies par leurs domestiques personnels. Le directeur remarqua que la tonnelle des « conservatrices » était située juste sous la chambre 201. Il leva les yeux et à ce moment précis la fenêtre de Monsieur H. s'éteignit. Il ne put s'empêcher d'avoir un petit frisson d'émotion : l'opération allait commencer.

L'arrivée du khédive, accompagnée par un grand silence où résonnèrent solennellement les notes de l'hymne national, coïncida avec celle de Hammouda qui descendait en trombe des étages supérieurs. L'apprenti serveur se serait même étalé de tout son long aux pieds du souverain, si un maître d'hôtel à la mine hautaine ne l'avait rattrapé à temps par une manche de son *koftan*. Quand le cortège khédivial fut passé, Hammouda se dirigea vers le buffet le plus proche en écrasant pas mal de pieds, empoigna un plateau et se mit à chercher le directeur dans la foule. Pour son malheur, sur le plateau qu'il avait choisi, il n'y avait que des verres vides et, à chaque pas, les invités en ajoutaient d'autres, ce qui ralentissait de plus en plus sa progression. Enfin, il réussit à s'approcher du directeur, qui était en train de parler avec un grand blond à la moustache empesée.

– Pose ce plateau, lui glissa-t-il entre ses dents. Tu vas tout casser !

– Plaît-il ? demanda le grand blond.

– Rien, je disais que c'était une belle soirée, marmonna le directeur avec un sourire gêné.

Hammouda s'éloigna, déposa le plateau sur la pelouse et revint vers eux.

– On vous demande, monsieur le directeur, annonça-t-il avec aplomb.

Le directeur prit congé du grand blond et suivit le garçon à l'écart de la foule.

– Regardez là-bas, vers la fontaine, murmura Hammouda. Voilà Monsieur H. C'est ce monsieur en noir, près de la dame en rouge. Celui qui a deux ou trois cheveux collés sur la tête.

L'archéologue vit un homme plutôt petit et rondouillard qui lui tournait le dos et parlait avec une femme vêtue de satin rouge vif.

– Merci, Hammouda. Maintenant tu peux commencer à escalader le mur. Personne ne fera attention à toi, mais sois prudent quand même.

Le jeune garçon s'éloigna et le directeur se mit à circuler au milieu de la foule pour trouver un endroit qui lui permettrait de voir Monsieur H. de face. Mais, chaque fois, le malfaiteur changeait de position et lui tournait encore une fois le dos, ou bien se trouvait caché par des personnes plus grandes que lui ou encore se tenait dans un endroit trop sombre pour qu'on puisse distinguer ses traits. Enfin, l'insaisissable Monsieur H. fut rejoint par un maître de cérémonies qui se pencha vers lui et lui chuchota quelque chose à l'oreille. Monsieur H. salua en s'inclinant les personnes avec lesquelles il parlait et le suivit vers le dais sous lequel était assis le khédive, entouré de personnages importants. A ce moment, la lumière des torches et des candélabres éclaira son visage et le directeur n'en crut pas ses yeux : Monsieur H. le criminel international, Monsieur H. le receleur de trésors volés, Monsieur H. l'assassin sans pitié ni scrupules n'était autre que…

– Monsieur le directeur des fouilles archéologiques de Sakkara ?

Le directeur se retourna et se trouva nez à nez avec un autre maître de cérémonies.

– Son Altesse le khédive Abbas désire que vous lui soyez présenté, et vous demande de le rejoindre sous le dais.

Encore bouleversé par la découverte qu'il venait de faire, le directeur avança comme en rêve vers le trône princier et le groupe de personnalités. Monsieur H. allait le reconnaître comme il l'avait reconnu, et il ne fallait pour rien au monde qu'il se trahisse.

– J'ai appris avec beaucoup d'émotion l'étonnante aventure qui vous est arrivée, dit le khédive en lui tendant la main, et je suis heureux qu'elle se soit bien terminée. Il paraît que vous avez découvert à Sakkara une tombe intacte pleine de trésors.

– Je remercie Votre Altesse, répondit le directeur. Malheureusement, le trésor a été volé et nous n'avons pas encore réussi à le retrouver.

– Faites confiance à notre police. Je suis sûr que c'est une question de jours. N'est-ce pas, Ali ? ajouta le khédive en se tournant vers un officier en uniforme de gala qui se tenait un peu en retrait.

Il fit un pas en avant et le directeur reconnut le *hakimdar* de Héloulan.

– Naturellement, Votre Altesse, dit-il d'un air légèrement suffisant.

La tête chauve de Monsieur H. n'était qu'à quelques centimètres des décorations qui ornaient la poitrine du *hakimdar*. Le directeur réprima un sourire en voyant la figure réjouie et poupine de celui que tout le monde connaissait comme M. Henri Armellini, propriétaire de la plus grande librairie du Caire, grand amateur de

bonne chère, personnage insoupçonnable à tout point de vue, grâce à sa réputation de brave commerçant scrupuleusement honnête. Monsieur H. était donc ce même M. Armellini chez qui il avait acheté la plupart des volumes de sa bibliothèque, sans compter les livres pour enfants dont il avait fait don à Rami.

« Si je disais au *hakimdar* que la personne qui se tient à côté de lui est le terrible Monsieur H, c'est moi qu'il ferait enfermer », se dit le directeur. Il sourit à Monsieur H., et

lui fit un petit signe de la main, auquel le libraire répondit par un sourire angélique.

– Mesdames, messieurs, cria à ce moment le directeur de l'hôtel, votre attention, s'il vous plaît.

Le brouhaha se calma et les invités se tournèrent vers lui.

– Son Altesse le khédive, qui nous a fait l'honneur de choisir notre hôtel pour recevoir ses invités, a bien voulu être le premier à tourner le bouton magique qui fera de cette fête un événement historique !

Le directeur de l'hôtel se tourna vers le khédive, s'inclina profondément, puis fit claquer ses doigts et un domestique présenta au souverain un coussin de velours sur lequel reposait un petit objet en porcelaine blanche, d'où partait un long fil.

– Au nom de Dieu tout-puissant et miséricordieux ! dit le khédive, en actionnant l'interrupteur.

Immédiatement, des cascades de lumière se déversèrent dans le jardin, les arbres se remplirent de fruits étincelants, des diamants jaillirent des fontaines et les murs de l'hôtel flamboyèrent.

– Aaaah ! fit la foule, admirative.

Le khédive se tourna vers ses ministres en souriant.

– J'espère que dans quelques mois toute la ville de Hélouan pourra profiter de cette merveilleuse invention, l'é-lec-tri-ci-té !

Les invités applaudirent avec enthousiasme. Tous, sauf ce charmant M. Armellini. Le directeur vit tout à coup la figure du gentil libraire devenir dure comme de la pierre et ses mâchoires se crisper. Alarmé, il suivit son regard : au beau milieu de la façade de l'hôtel éclairée comme en plein jour, entre le premier et le deuxième étage, on voyait parfaitement un individu vêtu d'un *koftan* vert accroché aux bougainvillées. La lumière avait surpris Hammouda au moment où il allait atteindre le balcon de la chambre 201, et depuis lors le brave garçon se tenait immobile, dans l'espoir que cette orgie de lumière se termine.

– Votre Altesse est servie, annonça un maître d'hôtel.

Un vaste mouvement de foule suivit le khédive vers la table du banquet, préparée avec faste sous une tente multicolore. Mais Monsieur H., que le directeur ne quittait pas des yeux, se dirigea rapidement du côté opposé, en faisant au passage un signe à trois *souffragui* bien en chair.

« Tiens ! se dit le directeur en le suivant de loin. Monsieur H. n'est pas venu seul. La situation se complique. »

19

Cloué à cinq mètres du sol sur le mur de l'hôtel Glanz par la lumière éblouissante qui avait envahi le jardin, Hammouda était pétrifié de peur, comme une mouche prise dans une toile d'araignée. Ce n'est qu'après un bon moment qu'il osa jeter un coup d'œil sur les pelouses au-dessous de lui. Il constata avec soulagement que personne ne semblait s'être aperçu qu'un *souffragui* se promenait dans les branches des bougainvillées entre le premier et le deuxième étage. Au son de la marche de l'*Aïda*, invités, maîtres d'hôtel et domestiques se dirigeaient d'un bon pas vers la tente du banquet dressée au fond du jardin, où les personnages de marque avaient déjà disparu à la suite de Son Altesse le khédive. Hammouda termina rapidement son escalade et sauta sur le balcon de la chambre 201.

A partir de ce moment, tout se passa très vite. Il ouvrit la porte, fit entrer Rami et la referma. Ils cherchèrent les papyrus et les trouvèrent presque tout de suite, dans le même coffret doré que Noubar avait remis à Monsieur H. deux jours plus tôt. Hammouda regarda d'un air effaré les rouleaux jaunis.

– C'est ça, la merveille des merveilles pour laquelle j'ai risqué ma peau ?

– Tu ne comprends pas, répliqua Rami. C'est un message qui nous vient du passé, il est vieux de cinq mille ans, et le directeur sait le déchiffrer !

– C'est de l'écriture, ce charabia ?

– Oui, ce sont des hye… hiéroglyphes. Mais maintenant filons avant qu'on nous attrape.

Il avait à peine fini de parler que la porte s'ouvrit violemment et Monsieur H. parut sur le seuil.

– Attrapez ces deux-là et faites-les disparaître, ordonna-t-il aux trois *souffragui* qui le suivaient.

Les trois hommes se précipitèrent sur Rami et Hammouda, leur jetèrent des sacs sur la tête et, en un clin d'œil, les deux garçons se trouvèrent ligotés des pieds à la tête. Puis ils se sentirent hissés sur des épaules solides et transportés en courant le long d'un couloir et de nombreuses volées d'escalier, pour être enfin jetés sans ménagement sur un sol dur et humide. Quelques instants après, ils entendirent une porte qui se refermait et des pas rapides qui s'éloignaient.

– Hammouda ? fit Rami.

– Oui ?

– Essayons de nous libérer de ces sacs.

– Essayons.

Ils se contorsionnèrent, se tordirent, s'arc-boutèrent, s'efforçant par tous les moyens de se libérer des cordes qui les enserraient, mais ils durent bientôt se rendre à l'évidence : à moins d'une intervention étrangère, ils étaient destinés à moisir dans ce sous-sol aussi longtemps qu'il en plairait à Monsieur H.

Dans sa chambre, M. Armellini, alias Monsieur H., était dans un état de fureur proche de la folie. Debout devant lui, ses trois acolytes déguisés en *souffragui* n'en menaient pas large.

– Je veux savoir qui sont ces deux-là, compris ? Et que ça saute ! Je ne crois pas aux coïncidences, moi. Donc n'essayez pas de me faire croire que c'étaient de simples rats d'hôtel !

Le directeur s'était empressé de suivre Monsieur H. mais, en chemin, il avait rencontré un ami qui l'avait retenu presque de force pour lui raconter une histoire idiote. Il n'avait donc pas assisté à l'enlèvement de Rami et Hammouda. Il arriva dans le couloir juste à temps pour se cacher derrière un palmier nain et voir les trois *souffragui* rentrer dans la chambre 201, leur besogne accomplie. Il entendit alors les éclats de voix de Monsieur H., puis le vit sortir en trombe, la mine mauvaise, suivi par deux de ses trois complices. Quelques minutes après, par la fenêtre du couloir, le directeur vit le « gentil libraire » retourner au jardin et rejoindre les invités du khédive sous la tente.

« Je crois que, là, j'ai besoin de Ringo », se dit-il alors.

Dans sa chambre, le chien était toujours étendu sur la descente de lit et boudait visiblement.

– Allons, Ringo. Il faut retrouver Rami !

Le chien oublia tout de suite ses griefs. Il bondit sur ses pattes, se laissa mettre en laisse, puis entraîna le directeur sur la piste encore toute fraîche de son jeune ami. Devant la porte 201, il tourna plusieurs fois sur lui-même, un peu hésitant, puis repartit vers un escalier de service et le dévala sur plusieurs niveaux jusqu'à un sous-sol sombre et humide. Là, il s'arrêta pile devant une porte fermée par un gros cadenas et se mit à japper.

Le directeur n'hésita pas à faire sauter le cadenas, et la porte s'ouvrit sur un long couloir sombre aux parois rongées par le salpêtre. Rami, qui avait reconnu les aboiements de Ringo, se mit à l'appeler, et le chien retrouva bientôt les deux garçons qu'on avait jetés dans un coin. Le directeur dénoua les cordes qui les ligotaient comme deux saucissons.

– Tout est de ma faute, je n'aurais jamais dû vous mêler à une aventure aussi dangereuse, grommela-t-il, furieux contre lui-même. J'aurais tout simplement dû m'adresser à la police et la laisser agir.

– Je ne savais pas qu'on allait illuminer le jardin de cette manière ! s'écria Hammouda. Qu'est-ce que c'est ? De la sorcellerie ?

– Non, c'est de la lumière é-lec-tri-que, expliqua le directeur. Une grande invention, mais qui a permis à Monsieur H. de s'apercevoir que tu grimpais là-haut.

– En tout cas, nous avons vu les papyrus, ils sont dans

sa chambre, annonça Rami en se débarrassant du sac qu'il avait sur la tête. Allons les chercher.

– Vous savez qui est ce Monsieur H. ? demanda Hammouda. Il a une tête de brave type qui tromperait n'importe qui !

– Monsieur H. s'appelle en réalité Henri Armellini, et je le connais très bien. Maintenant il est retourné au banquet, mais il a laissé un de ses hommes dans sa chambre, expliqua le directeur, qui hésitait à exposer encore une fois ses jeunes amis au danger.

– Avec Ringo, il ne pourra rien faire, affirma Hammouda, qui se souvenait du soir où il avait fait la connaissance du chien.

– Allons-y, dit Rami en bondissant sur ses pieds. Hammouda, n'oublie pas de prendre les sacs et les cordes, ça nous servira là-haut.

Hammouda frappa délicatement à la porte de la chambre 201.

– M. Armellini vous a commandé un thé, dit-il en s'efforçant de prendre un ton professionnel.

Le complice de Monsieur H. ouvrit la porte. Immédiatement une avalanche humaine le submergea et il se retrouva étendu sur le lit avec une énorme bête poilue sur la poitrine. L'horrible animal ouvrait une gueule pleine de dents à quelques centimètres de son visage pendant que des gens s'affairaient autour de lui, lui liaient étroitement les pieds et les mains et enfin lui recouvraient la tête d'un sac.

– Reste tranquille, dit une voix, et tu te retrouveras sain et sauf en prison.

Les intrus s'agitèrent encore un peu dans la chambre, puis sortirent en refermant la porte tout doucement et le bruit de leurs pas s'évanouit dans le couloir.

Assis à la table des consuls, M. Henri Armellini entretenait tant bien que mal une conversation quelconque avec l'épouse du consul de Grèce, Mme Papayanni. Mais l'inquiétude le rongeait, il n'arrivait pas à s'expliquer la présence de ces deux jeunes garçons dans sa chambre. Parmi tous les richissimes clients de l'hôtel, ce n'était pas lui, simple libraire, que des voleurs auraient pris pour cible. Ces deux-là avaient sûrement été chargés par quelqu'un de lui subtiliser ses papyrus... mais qui pouvait savoir que ces papyrus existaient et se trouvaient justement dans son armoire ? Noubar était mort, Mortada aussi. Un frisson de peur – le premier de sa vie – passa dans le dos de Monsieur H. : il se sentit traqué, cerné par un danger inconnu, sans visage.

– Naturellement, disait Mme Papayanni, au printemps, l'île de Corfou est absolument ravissante.

Monsieur H. leva la tête et regarda autour de lui. Où avait disparu le directeur ?

– L'île de Corfou est toujours splendide, répondit-il distraitement.

Le directeur des fouilles de Sakkara, celui qui avait découvert la tombe dévalisée par Noubar et Mortada, le seul à connaître l'existence et la valeur des papyrus d'Hor Hotep, cet homme n'était pas en train de dîner avec eux. Monsieur H. avait beau se contorsionner sur sa chaise en tordant le cou à droite et à gauche, il ne le voyait nulle part. Immédiatement son corps se couvrit de sueur glacée. Et si, derrière le cambriolage de sa chambre, se cachait le directeur ? S'il savait que c'était lui, Henri Armellini, qui avait les papyrus, c'en était fait de sa couverture d'honnête libraire et de sa carrière de trafiquant d'antiquités ! Il fallait qu'il retourne immédiatement dans sa chambre, qu'il détruise ces papyrus compromettants comme il avait toujours détruit tout ce qui pouvait l'incriminer, homme ou objet. Après cela, n'importe quelle accusation du directeur confirmerait simplement une rumeur qui commençait à circuler, à savoir que le célèbre archéologue était en train de perdre ses esprits. M. Armellini se leva brusquement au beau milieu d'une phrase de sa voisine.

– Je… je ne me sens pas bien, excusez-moi, bégaya-t-il.

Il se fraya un chemin vers l'entrée de la tente, saluant à droite et à gauche, au passage, connaissances et amis. Il avait presque atteint la sortie quand il vit de loin le directeur qui venait vers lui, suivi de deux garçons et d'un chien-loup.

Monsieur H. fit un pas en arrière, tourna rapidement les talons et se cacha derrière le tronc d'un eucalyptus. Au même moment, le directeur entra dans la tente et se dirigea vers le khédive. Le petit garçon le suivait de près, portant un coffret doré. L'autre, celui qui était habillé en *souffragui*, resta près de l'entrée avec le gros chien en laisse.

– Votre Altesse, dit le directeur à haute voix, en prenant le coffret et en le déposant sur la nappe devant le souverain. Voici un objet qui fait partie du trésor d'Hor Hotep. C'est le premier que j'ai pu récupérer.

Un grand silence se fit dans l'assistance et tout le monde se tourna vers lui. Le *hakimdar* de Hélouan se leva à moitié sur sa chaise, s'essuyant la bouche, et le khédive, qui était en grande conversation avec un diplomate étranger, tourna vers le directeur des yeux ronds.

– Quoi ? Comment ?

Il baissa les yeux vers le coffret.

– Quelle merveille !

– Son contenu est encore plus merveilleux, assura le directeur.

Il l'ouvrit tout doucement et montra les rouleaux de papyrus.

– Voici les seuls papyrus de l'époque du roi Zoser connus à ce jour.

Il tourna alors son regard vers l'assistance.

– Je regrette de devoir vous dire que j'ai trouvé ce coffret et son contenu dans la chambre d'un des invités de Son Altesse le khédive.

En entendant ce mots, le *hakimdar* de Hélouan fit un bond et s'écria :

– Comment osez-vous ?

Puis, il s'adressa au souverain :

– Que Votre Altesse veuille pardonner le directeur, depuis quelque temps sa santé laisse à désirer.

Il fit un geste et, un instant après, le directeur et Rami étaient entourés d'un petit groupe de « domestiques » beaucoup plus robustes que les autres qui les poussaient fermement vers la sortie.

20

– Arrêtez ! cria à ce moment le khédive.

Il s'était levé de son fauteuil doré et regardait le *hakim-dar* avec courroux.

– Comment osez-vous donner des ordres en ma présence ?

Le chef de la police pâlit.

– Mais… Votre Altesse…

– J'ai suivi cette affaire depuis le premier jour, et je sais que vous l'avez traitée avec une extrême légèreté. Approchez-vous, monsieur le directeur. Parlez ! Qui, parmi mes invités, est mêlé de près ou de loin à ce vol ?

Le directeur n'eut pas le temps de répondre car une bruyante altercation éclata du côté de la sortie. On entendit des cris, des grognements, des imprécations et les invités les plus proches se levèrent et s'éloignèrent précipitamment en trébuchant sur d'autres invités et tout le monde se mit à crier.

– Un attentat ! Un attentat ! hurla le *hakimdar*. A vos postes ! Défendez le khédive au péril de votre vie !

Tout à coup, l'agitation se calma.

– Que Votre Altesse se rassure, dit le directeur, ce n'est que mon chien qui a fait son devoir. Monsieur le *hakim-dar*, veuillez demander à vos hommes d'arrêter l'individu qu'ils trouveront sous le chien.

Il fit un signe à Rami et celui-ci accompagna deux sous-officiers vers l'endroit où se tenait Ringo, les pattes de devant bien campées sur la poitrine de Monsieur H. Le libraire était étendu sur le tapis et osait à peine respirer

sous le regard féroce du chien. Rami attrapa Ringo par son collier et les deux policiers relevèrent le petit homme.

– Monsieur Armellini ! s'exclama le khédive, scandalisé. Quelle honte ! Et moi qui allais vous commander la nouvelle édition de l'*Encyclopedia Britannica* !

– Votre Altesse, dit le directeur, M. Armellini n'est autre que le mystérieux Monsieur H. que la police recherche depuis dix ans.

Le *hakimdar* devint tout à coup couleur pivoine. Comment ? Il avait raté l'arrestation de Monsieur H., le criminel international ? Un simple archéologue lui avait damé le pion ? Sa carrière était terminée, finie ! Il serra les mâchoires, furibond : il fallait absolument qu'il se rattrape.

Une heure après, les deux complices de Monsieur H. furent arrêtés à la gare par la police de Hélouan tandis qu'ils essayaient de s'enfuir, et une équipe choisie de sous-officiers, guidée par le *hakimdar* en personne, fouillait avec entrain les grottes du Mokattam. Pendant ce temps, le khédive, délaissant ses invités qui valsaient encore sur la rotonde en marbre, reçut l'archéologue en audience privée dans un des salons de l'hôtel. Il mourait d'envie de se faire raconter cette histoire depuis le début.

– Monsieur le directeur, dit-il quand celui-ci lui eut raconté en détails ses péripéties, je vous félicite. Vous n'êtes pas seulement un grand archéologue, vous êtes aussi un détective émérite.

– C'est grâce à l'aide de deux collaborateurs courageux, Rami et Hammouda, et de mon ami Ringo, Votre Altesse.

Le khédive ordonna qu'on fasse entrer les deux garçons, ainsi que le chien-loup. Ils s'approchèrent, très intimidés.

– Qui sont ces enfants ? s'enquit le prince.

– Deux petits paysans du village de Mit Rehina, Votre Altesse.

– Eh bien, à compter de ce jour, ces deux jeunes garçons seront éduqués à mes frais et, quand ils seront grands, ils occuperont des postes à responsabilité dans mon gouvernement. J'ai grand besoin de collaborateurs fidèles et courageux.

– On est fichus, grommela Hammouda entre ses dents. Adieu la liberté !

Le khédive se tourna vers un de ses conseillers.

– Notez : je veux que, dorénavant, des chiens de la même race que celui-ci fassent partie de mes forces de police !

– A vos ordres, Votre Altesse, bégaya l'autre qui ne comprenait plus rien.

Puis le souverain ordonna qu'on fasse entrer le libraire.

– Armellini, la police est en train de perdre son temps au Mokattam. Vas-tu nous dire gentiment où tu as mis le trésor, ou faudra-t-il avoir recours aux méthodes spéciales ?

Entre les deux policiers qui l'empoignaient fermement, Monsieur H. avait l'air plus mort que vif. Lorsqu'il entendit les mots du khédive, sa figure devint cadavérique et ses genoux cédèrent : sans les gardes, il serait tombé.

– Je ne sais pas où se trouve le trésor ! gémit-il. Je vous jure que je ne sais même pas s'il existe… Un certain Noubar disait l'avoir caché dans une grotte, puis il est venu m'en proposer des pièces… mais il est mort, et a emporté son secret avec lui.

– C'est vrai, Votre Altesse, confirma le directeur. M. Armellini ne sait pas où se trouve le trésor. Mais c'est bien de sa faute si on ne le retrouve pas : c'est lui qui a ordonné à ses hommes de tuer le rayes Noubar.

– M. Armellini devra répondre de ses crimes devant Dieu et les hommes, dit le khédive, mais l'humanité ne pourra jamais lui pardonner d'avoir causé la perte du trésor d'Hor Hotep. Emmenez cet individu et que la justice suive son cours.

Le *hakimdar* commençait à haïr le Mokattam. C'était la deuxième fois qu'il voyait l'aube poindre à l'est de ce plateau aride et désolé et voilà que, pour la deuxième fois, ses hommes revenaient bredouilles d'une expédition de la plus haute importance. Pourtant, pour ne rien laisser au hasard, il était entré lui-même dans la grotte : il était passé par l'escalier en colimaçon, avait rampé dans le tunnel étouffant et avait visité l'une après l'autre les six salles qui formaient l'ensemble souterrain. A la fin, il avait dû admettre que ce labyrinthe de couloirs, de vastes chambres fermées et de loggias suspendues dans le vide ne contenait pas la moindre trace de trésor.

Il était neuf heures quand il arriva épuisé à l'hôtel Glanz, où tout le monde dormait encore, sauf des équipes de domestiques occupés à effacer les traces du passage des six cents invités du soir précédent. Il fit réveiller le directeur et lui annonça nerveusement qu'il n'avait rien trouvé : Noubar avait menti, le trésor, s'il existait, était sûrement ailleurs.

– Je sais, dit l'archéologue, légèrement excédé, que

169

vous n'avez jamais cru à l'existence du trésor, comme vous n'avez pas cru à celle, dans cette histoire, d'un criminel d'envergure internationale. Monsieur le *hakimdar*, je peux vous assurer de deux choses : d'abord, que le trésor existe et, en second lieu, qu'il est caché dans le Mokattam. Venez avec moi.

Il fit entrer le policier dans la chambre de Rami, qui dormait à poings fermés.

– Réveille-toi, dit-il en le secouant gentiment, tu as de la visite.

Rami ouvrit deux yeux vagues mais sauta tout de suite sur son séant.

– Monsieur le *hakimdar* !

– Raconte à monsieur ce que tu as trouvé dans la rigole de ce paysan, à Mit Rehina, dit le directeur.

– J'ai trouvé un bracelet en or qui pesait un demi-kilo. Il était tombé d'un des sacs que les voleurs transportaient sur leur dos.

– Raconte à M. le *hakimdar* ce qu'a dit Noubar à Monsieur H.

– Il a dit que le trésor était dans le Mokattam mais que même les mouches bleues ne pourraient pas le retrouver.

Le chef de la police secoua la tête, épuisé et découragé.

– C'est la première fois de ma vie que je regrette qu'un criminel soit mort !

– Monsieur le directeur, chuchota Rami dès que le *hakimdar* fut sorti, il faudrait se dépêcher d'aller voir Noubar.

L'archéologue tourna vers le jeune garçon un visage désabusé.

– C'est inutile, Rami. Noubar ne dira jamais rien. Je le connais, c'est un entêté. Mais par-dessus tout, il ne supporte pas d'admettre qu'il est battu. Non, j'ai bien peur qu'il n'emporte son secret dans la tombe.

Le retour de Rami et Hammouda à Mit Rehina resta gravé dans la mémoire de ses habitants bien longtemps après ces faits. En Égypte, les nouvelles se propagent vite : au village, tout le monde avait appris que les deux garçons étaient désormais les pupilles du Khédive et chaque habitant ressentait cela comme un honneur personnel. C'est donc dans la liesse la plus totale que la population accueillit la *dahabieh* khédiviale qui, en début d'après-midi, ramena sur la rive gauche du Nil les quatre héros de cette aventure. En tête de la foule, on pouvait voir Raafat avec le vieil oncle Darwiche, et le cheikh Abdel Ghelil, et le cheikh Mansi et toutes les personnalités du village. Il y avait même le *maamour* accompagné par le lieutenant Amr, officiellement pour s'assurer que le retour des héros se déroule sans problèmes, mais en réalité parce qu'ils n'auraient manqué pour rien au monde cette apothéose. Les femmes se tenaient le long de la berge et poussaient de stridents *zagharit*. Au premier rang, Rami vit tout de suite son amie Nefissa qui lui faisait des signes de bienvenue.

– Vous voyez cette petite fille en robe rouge ? dit Rami au directeur qui, comme lui était accoudé au bastingage. Sans elle, je ne sais pas comment cette histoire se serait terminée.

– C'est la petite qui t'apportait à manger dans ta grotte, n'est-ce pas ?

– Oui, c'est elle, et quand je serai grand, je l'épouserai.

– Vive Rami ! Vive Hammouda ! Vive le directeur ! criaient les paysans.

Il y eut même une petite voix (celle de Nefissa) pour crier : « Vive Ringo ! » Et tout le monde reprit à tue-tête :
– Vive Ringo !

A peine Rami et Hammouda eurent-ils posé leurs pieds sur la rive qu'ils furent soulevés et portés en triomphe sur de robustes épaules. On hissa le directeur et Ringo sur une charrette décorée de fleurs sauvages, et le cortège traversa les champs au son de la fanfare d'oncle Garghir et des frères Tartour. Le soleil qui se couchait derrière la pyramide du roi Zoser illuminait la scène de ses reflets d'or et une douce brise faisait se balancer les grands éventails verts des palmeraies.

Mais, beaucoup plus tard, quand tout le monde se mit à table pour le dîner pantagruélique que le cheikh Mansi avait préparé dans sa maison, on s'aperçut qu'un des invités d'honneur manquait à l'appel. On eut beau le chercher partout, interroger Hammouda, Raafat et les enfants du *kottab*, Chalabeia, Nefissa et même oncle Darwiche, à minuit, il fallut se rendre à l'évidence : Rami avait disparu.

21

Il faisait presque nuit quand un jeune garçon se présenta à la porte de l'hôpital de Gizeh. Il pleurait à fendre l'âme.

– Je veux voir mon oncle Noubar, je veux voir mon pauvre oncle !

– Celui qui s'est fait tirer dessus à Mit Rehina ? demanda le gardien.

Les pleurs redoublèrent :

– Oui, pauvre oncle Noubar ! Je suis venu à pied de là-bas exprès pour le voir.

– Il est temps que quelqu'un s'inquiète de son existence. Où étiez-vous, vous, ses parents ? Depuis qu'on l'a amené ici, personne n'a demandé de ses nouvelles. Quelle honte !

– Je suis venu dès que j'ai pu, je t'assure !

– Ce n'est pas l'heure des visites. Reviens demain à huit heures.

– Quoi ? Tu veux me renvoyer ? On m'a dit qu'il était très malade, mon pauvre oncle, je ne peux pas attendre jusqu'à demain… et puis où veux-tu que j'aille dormir, ici à Gizeh, où je ne connais personne ?

Le gardien se laissa fléchir.

– Bon, je te laisse entrer, mais personne ne doit te voir, c'est entendu ?

Il ouvrit le portail et lui indiqua une série de constructions basses, badigeonnées de blanc.

– Ton oncle Noubar est dans le troisième pavillon à droite. Ne fais pas de bruit, les malades dorment.

Le rayes Noubar avait l'air encore plus gigantesque que d'habitude, étendu sur un étroit lit en fer, la poitrine entourée d'épais bandages. Il ouvrit les yeux et vit, comme dans un brouillard, ce garçon, Rami – s'il se rappelait bien – qui le regardait attentivement.

– Qu'est-ce que tu veux ? demanda-t-il dans un souffle. Tu es venu me narguer ?

– En effet… tu mériterais vraiment qu'on se moque de toi.

– Attends que je me lève de ce lit et tu verras, haleta Noubar.

– On a arrêté Monsieur H., annonça Rami. Il t'a dénoncé, et il a dit aussi que tu avais tué Mortada. Ce soir, le *maamour* de Mit Rehina va annoncer que tu n'es pas mort et on viendra t'arrêter.

– Mortada n'est pas mort, souffla le blessé. Je ne suis pas un assassin. Mortada est retourné dans son village, au Saïd… J'ai dit à Monsieur H. que je l'avais tué pour qu'il ne s'occupe plus de lui.

Noubar toussa et fit une grimace de douleur.

– Alors tu n'es pas aussi mauvais qu'on le croyait,

remarqua Rami. Si tu n'as tué personne… et si tu dis où se trouve le trésor… je pense qu'on ne te gardera pas longtemps en prison.

– Le trésor est à moi, dit le *rayes* d'une voix étranglée. C'est l'or de mes ancêtres. Il m'appartient.

– Je suis sûr que tu as raison. Une partie du trésor t'appartient certainement. Mais alors tu dois le partager avec tes oncles et tes tantes, et tes cousins, et leurs femmes, et leurs enfants, et tes cousines, et leurs maris, et leurs enfants : tous les habitants de Mit Rehina, quoi ! Et aussi tes parents de Béni-Souef. Et ceux de Gizeh. Et ceux d'Ayat. Tu sais que chez nous les familles sont nombreuses. Et depuis cinq mille ans que le trésor d'Hor Hotep attend dans sa tombe, qui peut affirmer que ses descendants ne sont pas tous devenus parents ou alliés entre eux ?

– J'ai compris, murmura Noubar. Tu veux ta part ? Tu l'auras ! Mais laisse-moi tranquille… je suis fatigué.

Rami se leva.

– Tu ne comprends rien de rien. La place de ce trésor est au musée !

– Au musée ?

– Oui, au grand musée qu'on a construit au Caire, où tout le monde pourra le voir. Si tu le vends à un étranger qui le fera sortir du pays, c'est un peu comme… Comme si tu te dévalisais toi-même… comme si tu vendais les meubles de ta maison. Je trouve ça très bête.

Rami sortit du pavillon, triste et déçu. Il était fermement convaincu que le trésor d'Hor Hotep appartenait à tout le monde et il ne comprenait pas que Noubar n'admette pas cette vérité élémentaire. Le *rayes* était très mal

en point, et il allait
certainement mourir en empor-
tant son secret : à part le bracelet de Nefissa
et les papyrus, personne ne connaîtrait rien du trésor
funéraire du sieur Hor Hotep, médecin, architecte et
philosophe à la cour du roi Zoser.

– Alors, comment va ton oncle ? demanda le gardien
en ouvrant le portail.

Cette fois, Rami ne dut pas faire beaucoup d'efforts
pour lever vers lui des yeux pleins de larmes.

– Mal, très mal. Mon Dieu, pourvu qu'il ne meure pas !
ajouta-t-il avec un accent de sincérité tel que le gardien
en fut ému.

– Dieu est grand ! dit-il, en refermant le portail.

Le petit garçon avait déjà disparu dans l'obscurité
quand le gardien entendit une voix faible qui appelait :

– Rami ! Rami ! Reviens !

Il regarda du côté d'où venait la voix
et vit, dans la lumière avare d'une lanterne, une forme
qui se traînait par terre devant le pavillon numéro 3. Le
gardien accourut, essaya de soulever le blessé.

– Mais qu'est-ce qui te prend ? Tu es devenu fou ? Tu
vas rouvrir ta blessure !

– Appelle le petit garçon, dit Noubar d'une voix faible.
Appelle-le vite… je dois lui dire quelque chose de très
important ! Laisse-moi et va ! Va !

Le gardien allongea Noubar sur le sol, alla en courant
au portail et se mit à crier :

– Rami ! Rami !

L'instinct lui disait qu'il fallait retrouver cet enfant à tout prix. Il oublia ses rhumatismes et se mit à courir dans la nuit en l'appelant.

Enfin, au tournant d'un rond-point, il le vit qui marchait rapidement vers la route principale, la grande avenue des Pyramides où il espérait trouver un moyen de transport pour retourner à Mit Rehina.

– Rami ! hurla le gardien avec toute la voix qu'il possédait.

L'enfant s'arrêta, revint rapidement vers lui.

– Vite, vite ! Ton oncle veut te voir… il a oublié de te dire une chose très importante !

Quand Rami arriva tout essoufflé dans le jardinet de l'hôpital, Noubar était toujours étendu sur le sol devant le pavillon numéro 3.

– Rayes Noubar, je suis là, dit-il en s'agenouillant près de lui.

Le *rayes* avait les yeux fermés et respirait avec difficulté.

– Je vais mourir, Rami. Mais tu as raison. Il faut que le directeur retrouve son trésor, qu'il le mette au musée… et qu'il le montre au monde entier. Alors… je vais te dire… où il est…

La voix du mourant devenait indistincte.

– Approche-toi… écoute…

Rami colla son oreille à la bouche de Noubar. Celui-ci parla assez longtemps, à voix basse, péniblement.

– Tu as compris ? Tu sauras le retrouver ?

L'enfant vit avec terreur qu'une large tache rouge

apparaissait à travers les bandages qui enserraient sa poitrine.

– Oui, rayes Noubar, oui… je saurai.

– J'aurais voulu être là… quand on transportera toutes… ces belles choses au musée, murmura le mourant.

Un peu de sang parut au coin de sa bouche et il toussa.

– Je me suis laissé cor… rompre par tout cet argent… l'ar…gent qu'of… frait… cet é… tran… ger.

– *Rayes* ! *Rayes*, tu vas guérir ! Le directeur va te pardonner, tu retourneras sur ton chantier !

Rami se mit à crier :

– Gardien ! Gardien !

Il essaya de soulever la tête du blessé, de le soutenir : il ne fallait pas que le *rayes* meure comme cela, étendu par terre au milieu d'une cour d'hôpital ! Mais, quand le gardien arriva en courant, Noubar avait laissé tomber sa tête sur les genoux de Rami et avait cessé de respirer.

Le soleil était à son zénith quand le directeur, Rami et Hammouda, suivis par Ringo, arrivèrent sur le plateau du Mokattam, au nord de Hélouan. Ils se glissèrent dans l'escalier en colimaçon, rampèrent tout au long du couloir et débouchèrent enfin dans la grande grotte carrée, ouverte comme une loggia sur la vallée. Ils étaient chargés de cordes, de pitons, de pioches et d'autres objets insolites.

– Voilà, dit le directeur à Rami. Maintenant il faut t'attacher solidement, pour que tu ne tombes pas.

Il enfonça à coups de pioche un piton dans la paroi, pendant que le garçon s'entourait la taille d'une sorte de harnais en cuir. Puis il noua une corde à ce harnais et Hammouda la fit coulisser dans le piton.

– Prêt ?

– Prêt, répondit Rami.

Le directeur vérifia les boucles du harnais, les nœuds de la corde et la solidité du piton.

– Vas-y, dit-il avec une certaine émotion.

Rami se laissa glisser dans le vide, solidement soutenu par Hammouda et le directeur, tandis que Ringo, inquiet, se mettait à aboyer. Tout de suite, le vent le fit tournoyer comme une feuille. Il voyait loin au-dessous de lui la plaine sablonneuse et plus loin encore les champs qui accompagnaient le cours majestueux du Nil mais, malgré tous ses efforts, il n'arrivait pas à se tourner vers la falaise et à apercevoir la fissure presque invisible dont Noubar lui avait révélé l'existence.

Enfin, le vent le poussa contre la roche et il réussit à s'agripper à une aspérité.

– Ça va ? Tu vois quelque chose ? demanda Hammouda.

Rami était trop essoufflé pour répondre. Tout doucement, posant avec précaution ses pieds sur les protubérances minimes de la paroi, il se déplaça vers la droite : Noubar lui avait dit que l'entrée de la cachette secrète se trouvait à gauche de la grotte, et qu'il fallait deux *asaba* de corde, à peu près six mètres, pour y faire parvenir les marchandises en les faisant descendre directement du bord du plateau.

– Faites-moi descendre encore un peu, cria-t-il.

Ils relâchèrent de la corde et Rami se retrouva de nouveau à tournoyer dans le vent. Il vit au-dessus de lui la figure du directeur qui s'était étendu à plat ventre sur le sol de la grotte, la tête dans le vide, pour suivre anxieusement les opérations. Rami lui fit un geste vague, pour le rassurer. Il commençait à avoir le vertige.

Et voilà que, d'un coup, il se trouva devant une ouverture haute et étroite, en forme d'ogive, une sorte de blessure ouverte dans le flanc de la montagne, presque complètement cachée par un éperon de roche.

– Arrêtez! cria-t-il.

La corde se tendit, et Rami tournoya de plus belle, suspendu au-dessus de l'abîme. Alors il commença à imprimer à la corde un mouvement de pendule. Une fois, deux fois, trois fois, il se cogna avec force à la paroi rocheuse, puis réussit à viser l'ouverture et s'agrippa d'une main à son bord. Tout doucement, péniblement, Rami se hissa dans la cachette secrète du rayes Noubar, où l'attendait le trésor d'Hor Hotep.

GLOSSAIRE

Abaya : manteau à manches larges qui recouvre complètement les habits aussi bien masculins que féminins.

Chaouiche : sergent.

Gallabieh : robe, longue chemise portée par les hommes et les femmes.

Hag / hagga : homme ou femme ayant accompli le pèlerinage à La Mecque, pèlerin.

Hakimdar : commandant en chef de la police d'une région.

Intebà : Garde à vous !

Karakol : poste de police.

Khédive : souverain d'Égypte.

Koftan : uniforme particulier des domestiques des grandes familles et des hôtels.

Maamour : chef du poste de police.

Maalech : ça ne fait rien, ô mon seigneur !

Mabrouk : Tous nos vœux !

Omm : mère.

Quand on veut se moquer de quelqu'un, en Égypte, on l'appelle « Hammouda, fils de la mère de Hammouda », ou bien « Mohammed, fils de la mère de Mohammed » et ainsi de suite. De plus, en général, on appelle les femmes du peuple par le nom de leur fils, pour éviter de prononcer le leur, qui pourrait servir à leur jeter des sorts.

Ouadi : vallée, lit d'un fleuve, même asséché.

Rayes : chef d'un groupe de travailleurs.

Saïdien / saïdienne : habitant du Saïd, région du sud de l'Égypte.

Souffragui : domestique des grandes familles.

Ya abi : Oh, mon aîné !

Yamma : Oh, ma mère !

KATIA SABET
L'AUTEUR

Katia Sabet est née au Caire, il y a un certain nombre d'années, de parents italiens. Elle fait des études de droit français avant d'enseigner pendant vingt-huit ans l'italien et la littérature italienne à l'université du Caire. Elle devient ensuite journaliste, et elle est actuellement correspondante d'une agence de presse américaine. Connue au Moyen-Orient pour ses scénarios de feuilletons télévisés, elle a toujours aimé écrire. Elle a également participé à l'écriture de quelques longs métrages. Elle a publié quatre romans en langue arabe, mais *Le Trésor d'Hor Hotep* est son premier roman pour la jeunesse. Mariée, elle a deux enfants et quatre petits-enfants. Elle partage son temps entre Le Caire et un village de campagne dans le delta du Nil.

PHILIPPE BIARD
L'ILLUSTRATEUR

Philippe Biard est né en 1959. Après des études de dessin aux Beaux-Arts et aux Arts Appliqués de Paris, il travaille dans une agence de publicité, puis collabore avec des architectes décorateurs. Depuis 1987, il réalise des illustrations et des bandes dessinées pour la presse et l'édition. Aux éditions Gallimard Jeunesse, il a déjà travaillé pour la collection Drôles d'aventures et pour des collections documentaires comme les Racines du Savoir. Pour lui, « cette histoire était l'occasion de retrouver les impressions d'un vrai voyage, pour imaginer, à travers d'anciennes photos noir et blanc, une Égypte d'avant la découverte du tombeau de Toutânkhamon, quand la route qui menait du Caire à Gizeh n'était encore bordée que par des eucalyptus. »

Si tu aimes l'Égypte et les mystères
qui l'entourent, tu peux lire les titres suivants
parus dans la collection FOLIO **JUNIOR**

LE ROMAN DE LA MOMIE

Théophile **Gautier**

n° 465

Non loin du Nil, dans la vallée de Biban-el-Molouk, un jeune aristocrate anglais, lord Evandale, et un savant allemand, le docteur Rumphius, découvrent une tombe inviolée. Depuis plus de trois mille ans, nul n'a foulé le sol des chambres funéraires où repose le sarcophage d'un pharaon. Mais quand s'ouvre le lourd couvercle de basalte noir, les deux hommes trouvent, à leur grande stupéfaction, la momie parfaitement conservée d'une jeune fille…

MYSTÈRE DANS **LA VALLÉE DES ROIS**

Bernard Barokas

n° 747

La reine Hatshepsout est une des figures les plus extraordinaires de l'Égypte ancienne. Et voilà qu'un savant, le professeur Mancuso, prétend être sur la trace de son fabuleux trésor. Romain Caire, journaliste à *Paris-France*, est envoyé sur les lieux en grand secret. « Un reportage pour apprenti journaliste », se dit Romain. Mais lorsqu'il découvre la Vallée des Rois, ses temples, ses palais, et qu'il se trouve mêlé à d'étranges événements, Romain sent peser sur lui le souffle de l'aventure et du mystère…

LE SECRET DE L'AMULETTE

Edith Nesbit

n° 836

« Achetez-moi, je vous en prie, achetez-moi ! » supplie une voix. C'est ainsi que Cyril, Robert, Anthea et Jane délivrent des griffes d'un marchand un animal extraordinaire doué de parole : la Mirobolante. C'est ainsi que, le jour même, les enfants se retrouvent en possession d'une amulette capable de réaliser leurs désirs les plus chers... A la condition, cependant, qu'ils retrouvent l'autre moitié du talisman, et que jamais ils n'en oublient la formule magique... C'est alors que commence un fabuleux voyage dans le Passé...

Maquette : Karine Benoit
Loi n°49-956 du 16 juillet 1949
sur les publications destinées à la jeunesse
ISBN 2-07-054780-9
Numéro d'édition : 02959
Numéro d'impression : 90567
Dépôt légal : septembre 2001
Imprimé en France par l'Imprimerie Hérissey, à Évreux